sempé

Bonsoir

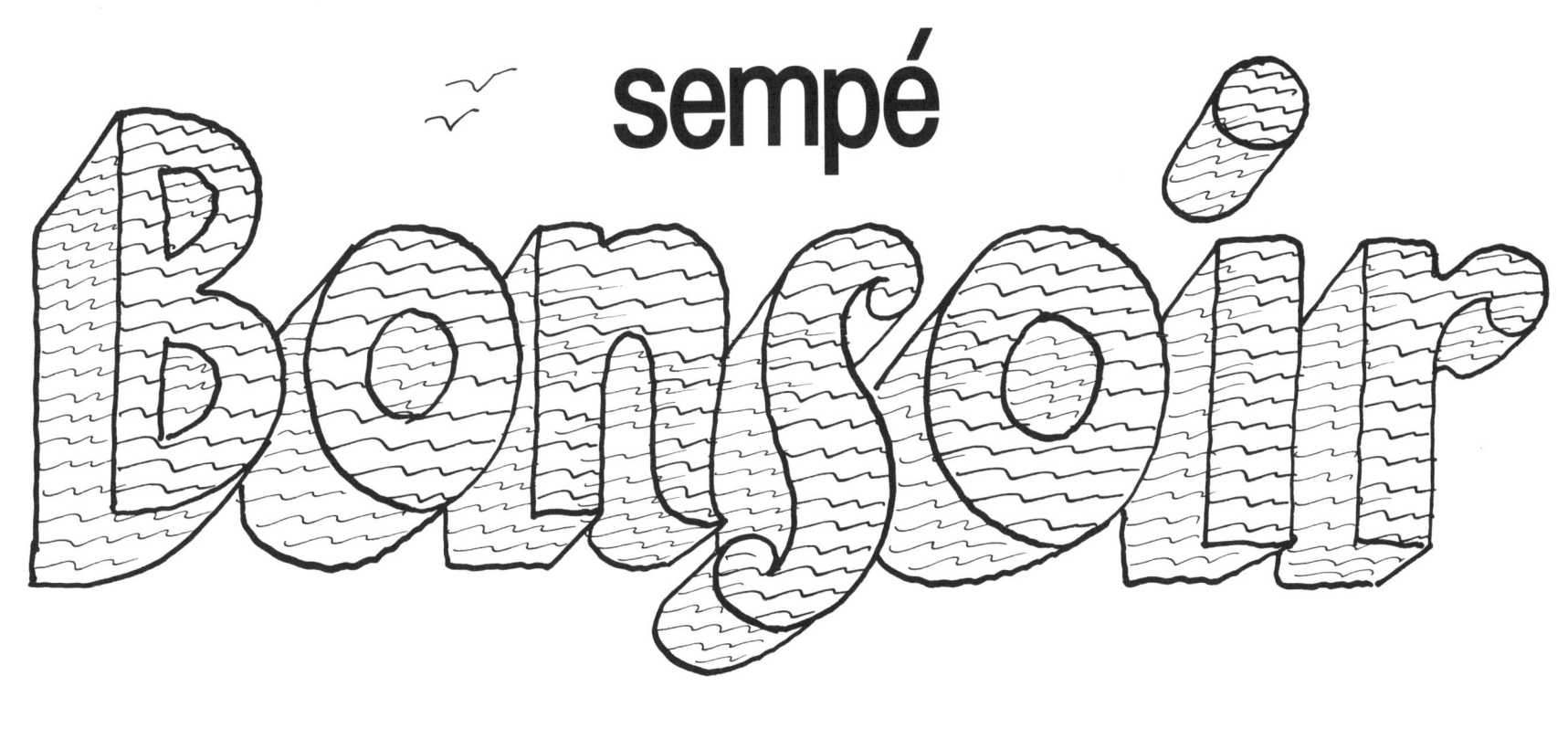

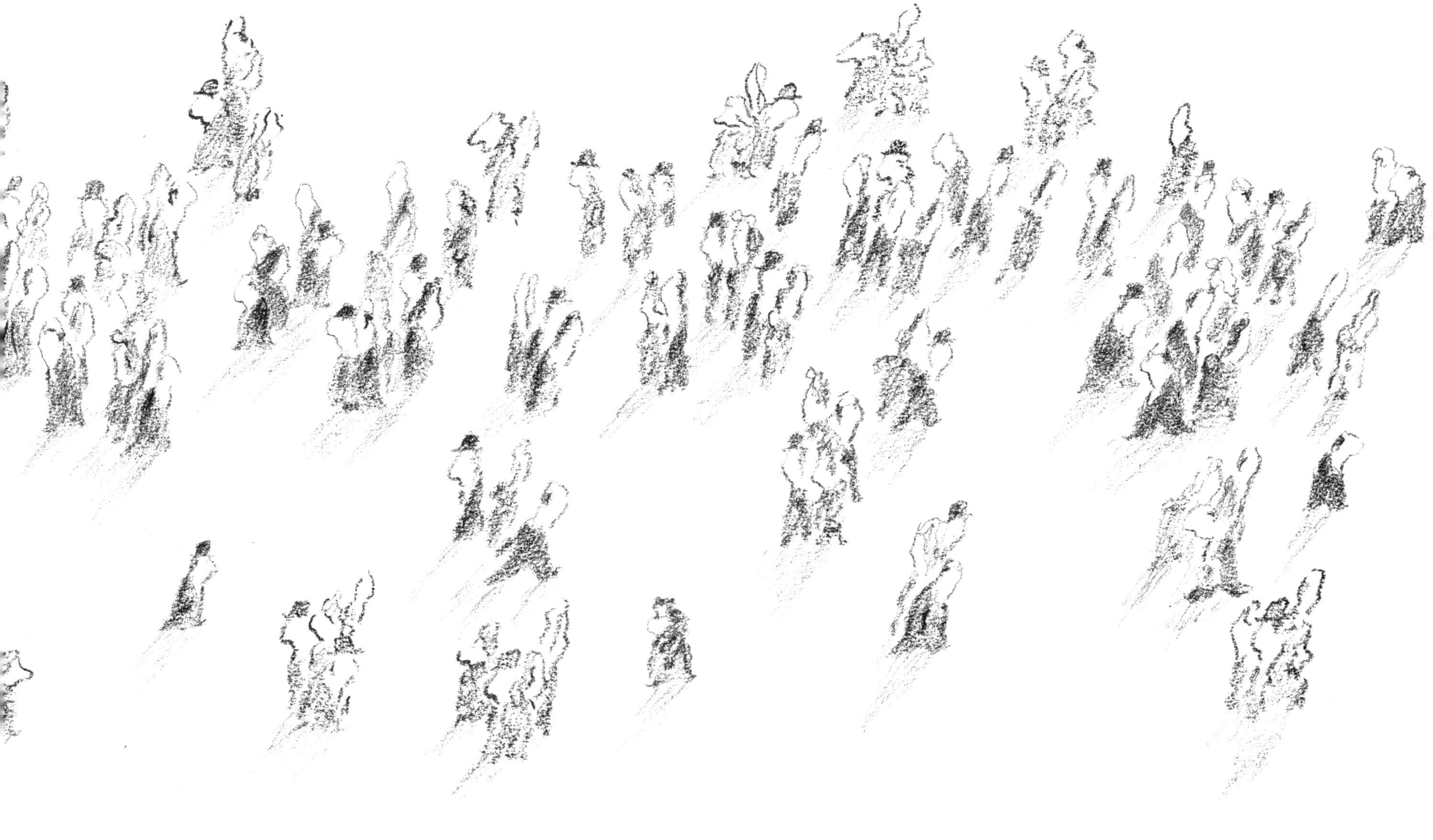

Diogenes

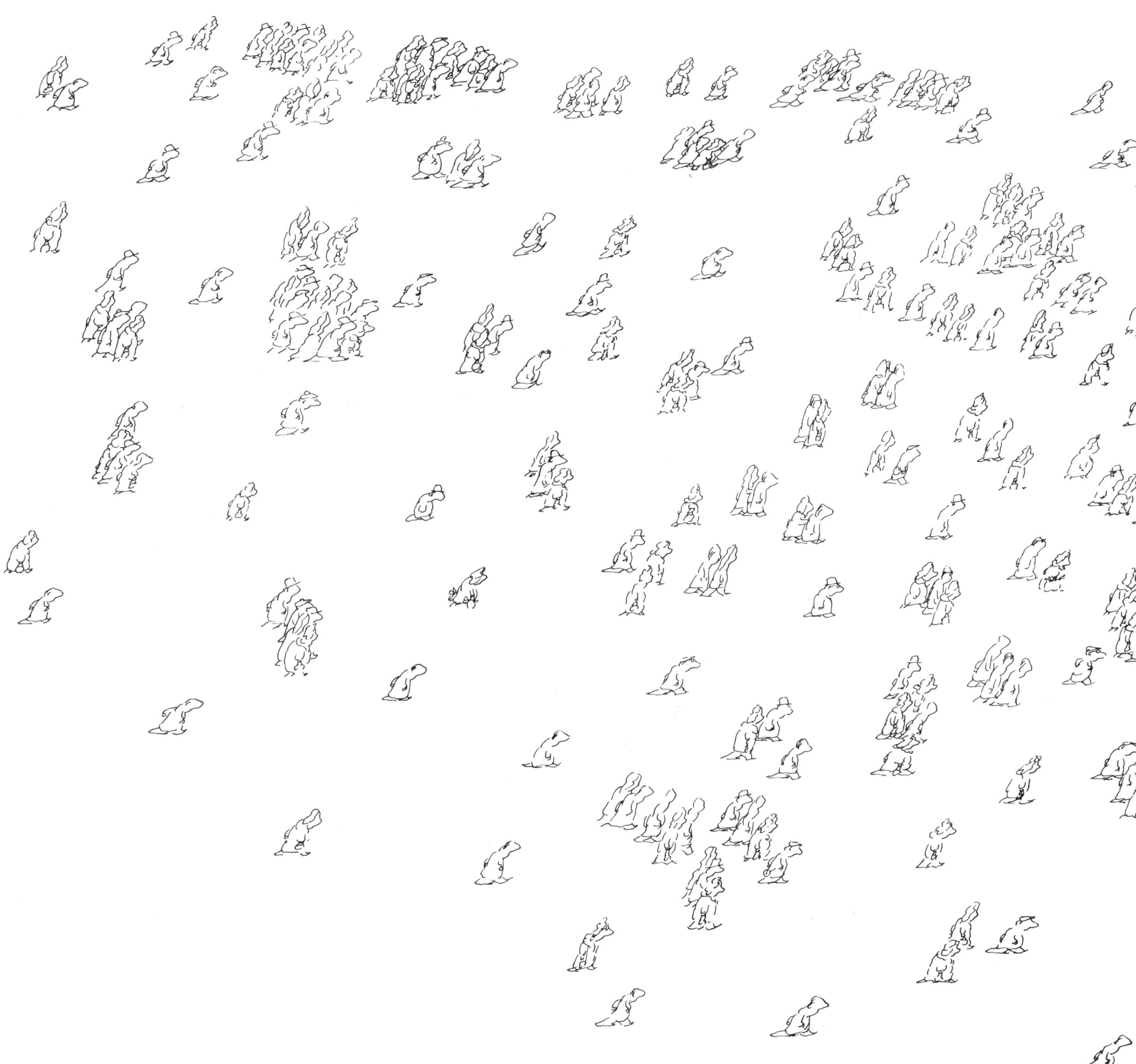

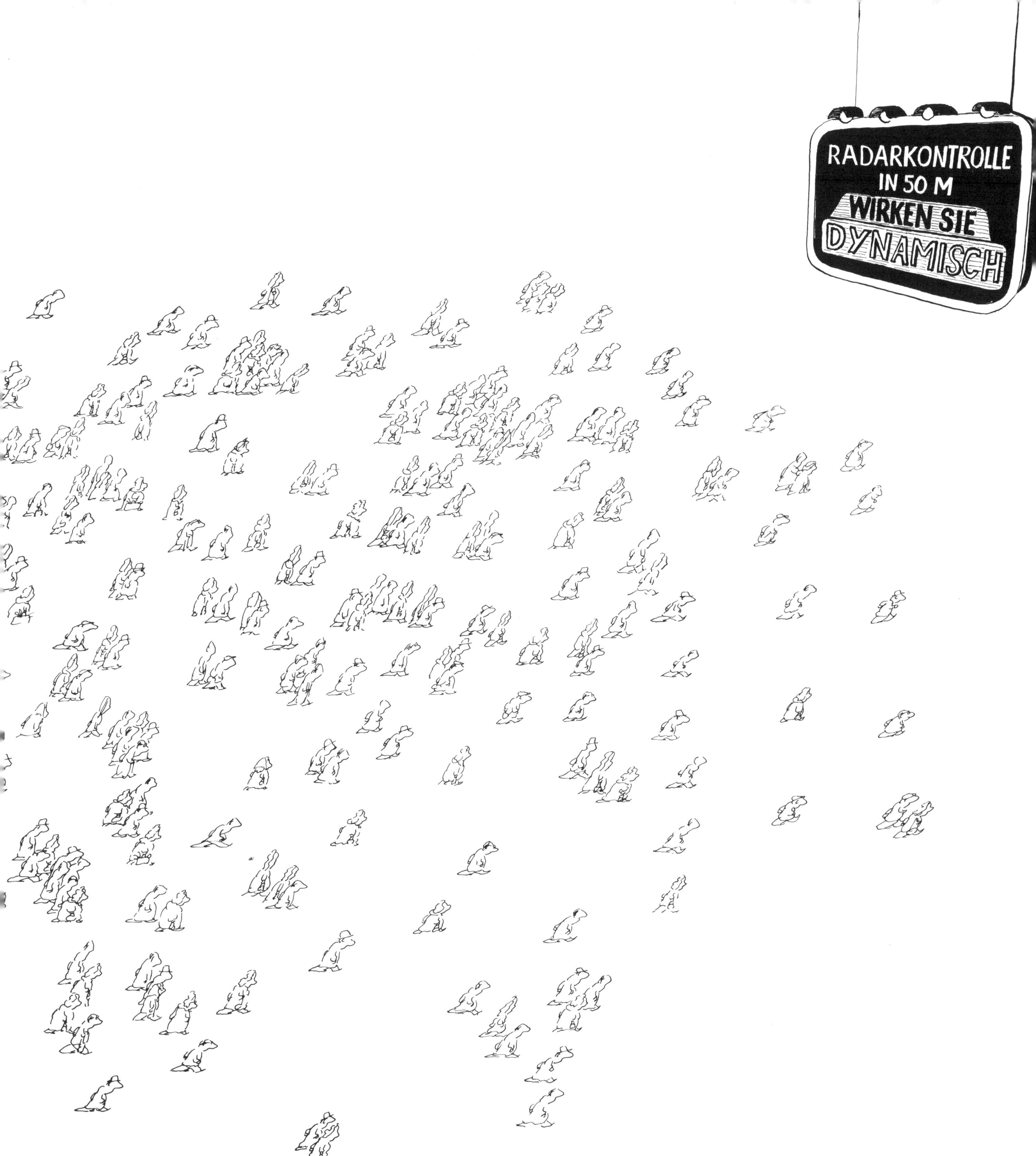
RADARKONTROLLE
IN 50 M
WIRKEN SIE
DYNAMISCH

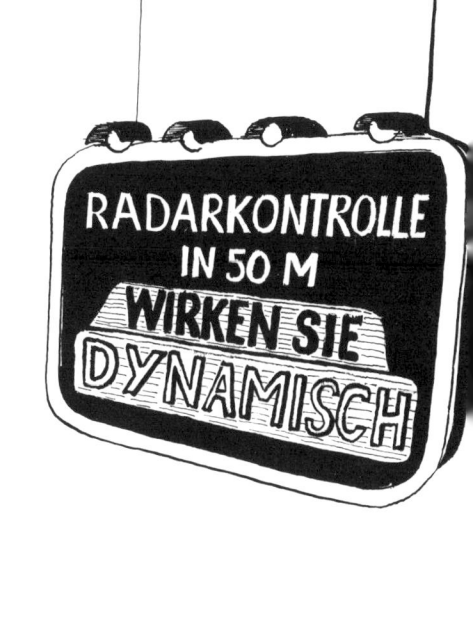

1 2 3

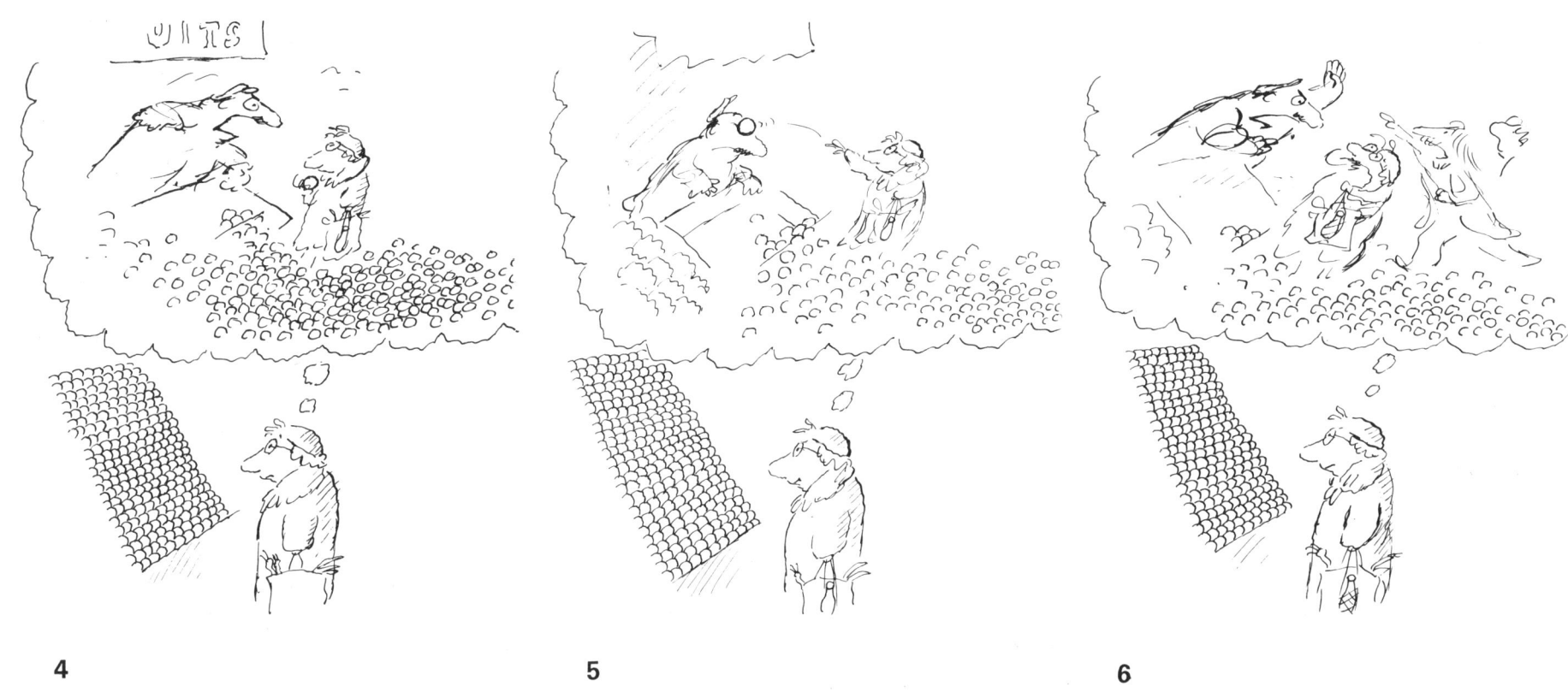

4

5

6

7

8

9

10

11

12

13

Das Leben, das Leben! Alles führst du immer darauf zurück, Isabel.

1

2

3

7

8

9

13

14

4

5

6

10

11

12

15

Ich würd' ja gern der Frauenbefreiungsbewegung beitreten, aber mein Mann ist dagegen...

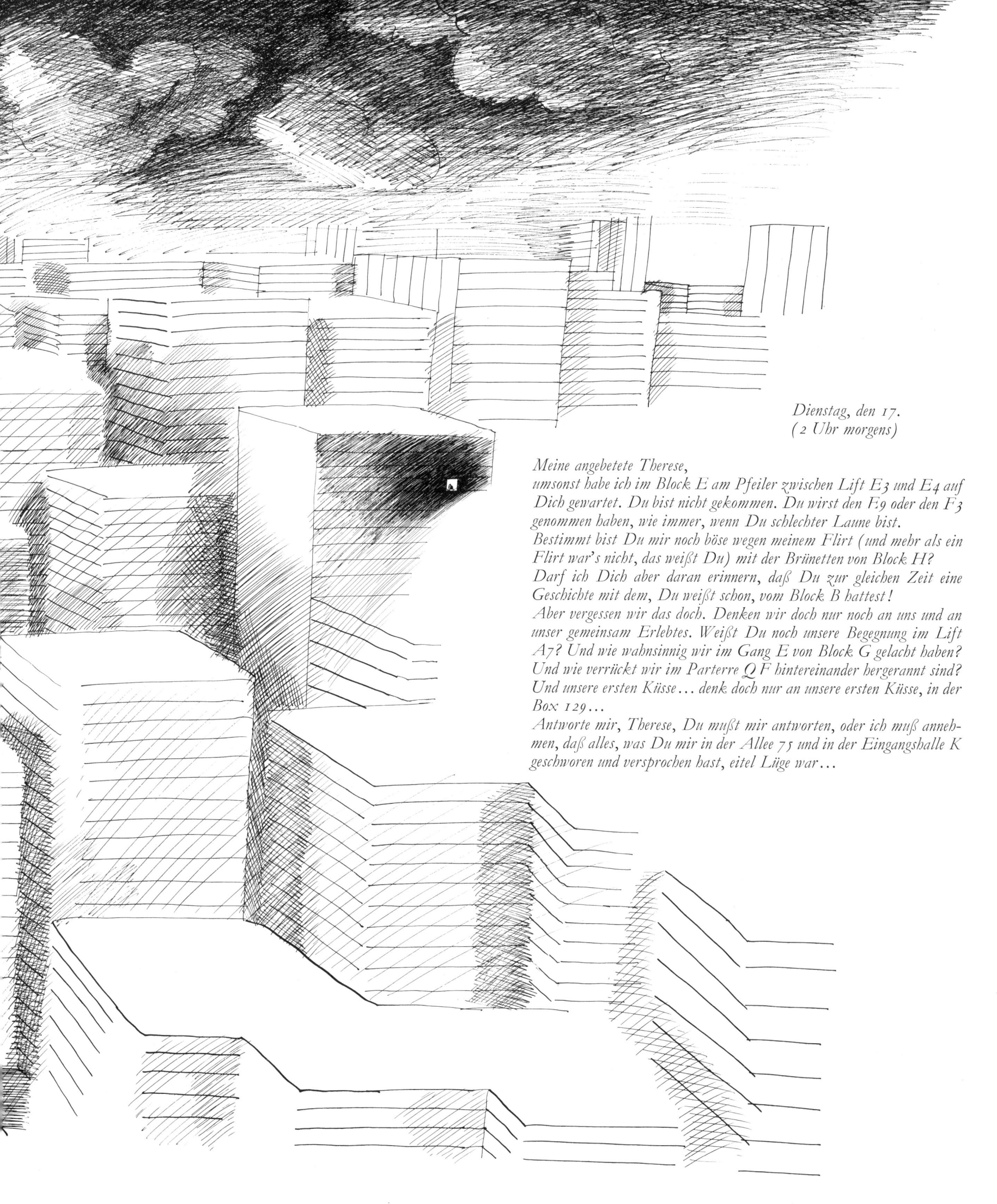

Dienstag, den 17.
(2 Uhr morgens)

Meine angebetete Therese,
umsonst habe ich im Block E am Pfeiler zwischen Lift E3 und E4 auf Dich gewartet. Du bist nicht gekommen. Du wirst den F9 oder den F3 genommen haben, wie immer, wenn Du schlechter Laune bist.
Bestimmt bist Du mir noch böse wegen meinem Flirt (und mehr als ein Flirt war's nicht, das weißt Du) mit der Brünetten von Block H?
Darf ich Dich aber daran erinnern, daß Du zur gleichen Zeit eine Geschichte mit dem, Du weißt schon, vom Block B hattest!
Aber vergessen wir das doch. Denken wir doch nur noch an uns und an unser gemeinsam Erlebtes. Weißt Du noch unsere Begegnung im Lift A7? Und wie wahnsinnig wir im Gang E von Block G gelacht haben? Und wie verrückt wir im Parterre Q F hintereinander hergerannt sind? Und unsere ersten Küsse ... denk doch nur an unsere ersten Küsse, in der Box 129 ...
Antworte mir, Therese, Du mußt mir antworten, oder ich muß annehmen, daß alles, was Du mir in der Allee 75 und in der Eingangshalle K geschworen und versprochen hast, eitel Lüge war...

Demnächst habe ich Stufe 8 erreicht. Dann kann ich also von dem Freizeit-Zuschuß profitieren. Wenn ich die Zahlungsfrist für den Steuervorschuß verlängert kriege, zahle ich das Wohnungsdarlehen vor Termin zurück und beantrage eine Reisebeihilfe. Mein Glück: Der 31. ist ein Freitag, man bräuchte also erst am 3. zurückzukommen. Mitte September werde ich dem ›Argus‹ zufolge meine Vasarelys und meinen Liechtenstein flüssig machen und mir einen Andy Warhol kaufen. Und da kein Grund besteht, daß die Pechineys im Oktober fallen, haben wir, denke ich, 50–60% unseres Lustgewinns gedeckt...

Hier befinden wir uns an der historischen Stelle des Abschieds. Von der berühmten Schlacht bei Flankenbruch werden wir gegen 16 Uhr zurückkommen. Meine Damen, vergessen Sie nicht: an den Intrigen, die dem König beinahe das Leben kosteten, können Sie gegen einen Zuschlag von 50 Franc teilnehmen.

Es sind kaum 50 Jahre her, da fuhr hier ein niedlicher kleiner Zug entlang. Der Schrankenwärter hatte eine sehr hübsche Tochter, die ich gut kannte. Hinter dem Rathaus (ein Bau aus dem sechzehnten Jahrhundert) gab es noch einen Hufschmied. Er hatte eine Nichte – ein Prachtstück –, die ich oft in den Bösen Turm (Festungsruinen aus dem vierzehnten mitten in einem Eichenwald) mitnahm. Und auch einen kleinen Fluß gab es da, und eine Brücke, angeblich aus römischen Zeiten, wölbte sich darüber. Marianne, die Frau des Notars, mit der ich oft spazierenging, hat sich da den Knöchel verrenkt. Glücklicherweise konnte Vater Frimoux, ein Heilpraktiker, der übrigens, aber das nur nebenbei, eine eher hübsche Haushälterin hatte, mit der ich ... jedenfalls hat er die Sache wieder eingerenkt. Er bewohnte einen richtigen Landsitz aus dem fünfzehnten, und die Jungenschule war in den ehemaligen Ställen des Herzogs von Orléans. Die Leiterin war übrigens eine sehr schöne Frau, sehr fortschrittlich für damalige Zeiten, das kannst du mir glauben! Von alldem ist nur zweierlei geblieben: 700 Francs Alimente für meine erste Frau und 900 für die zweite...

Sieht ganz so aus, als ob's jetzt zwischen den beiden wieder klappt...

Centre Culturel

37

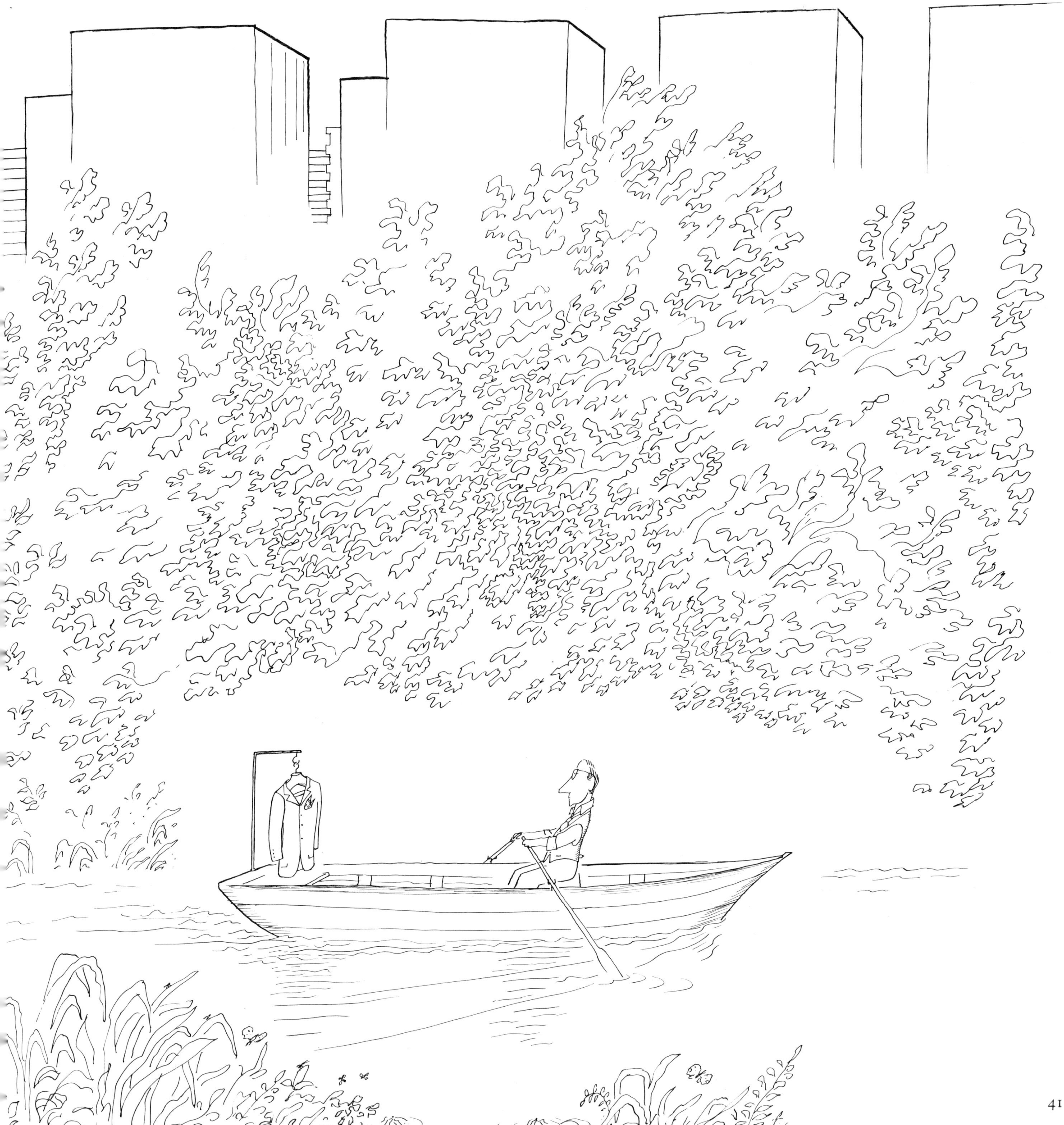

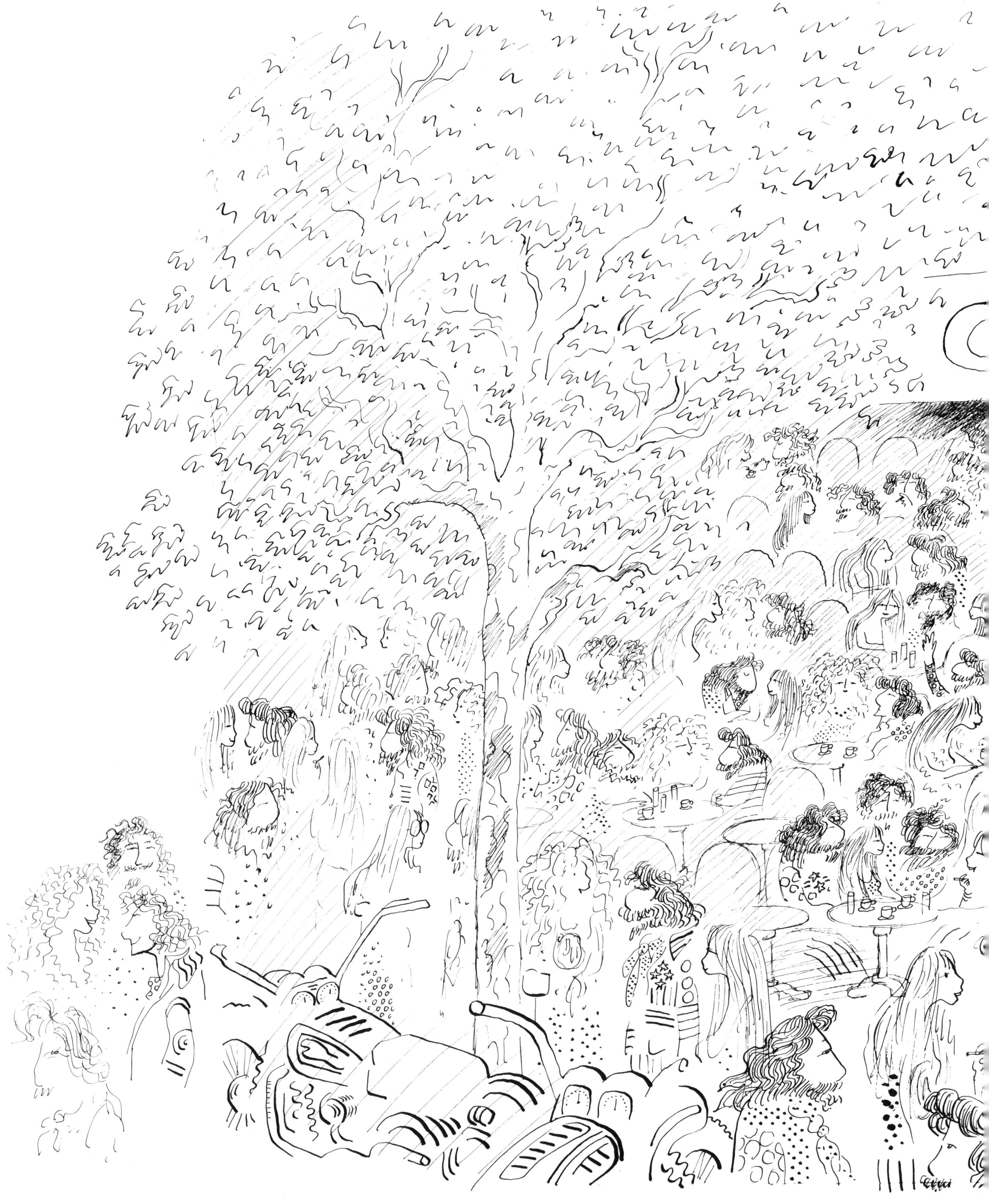

Man ist hier nicht so gern gesehen...

44

Also, man müßte so einen ganz geschlossenen Privatklub gründen, nur für uns alte Knaben, wo man so richtig auf die Pauke hauen könnte...

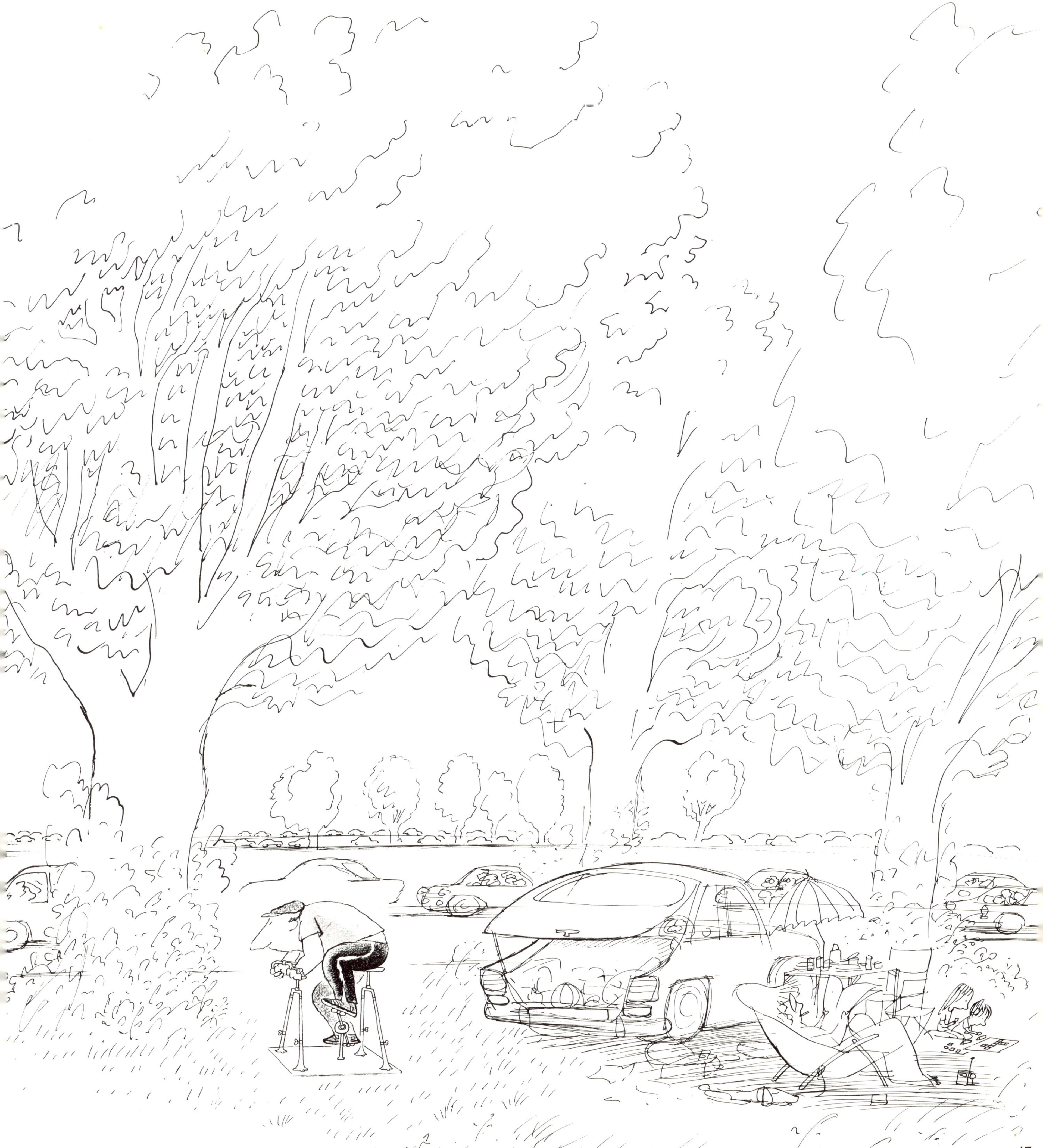

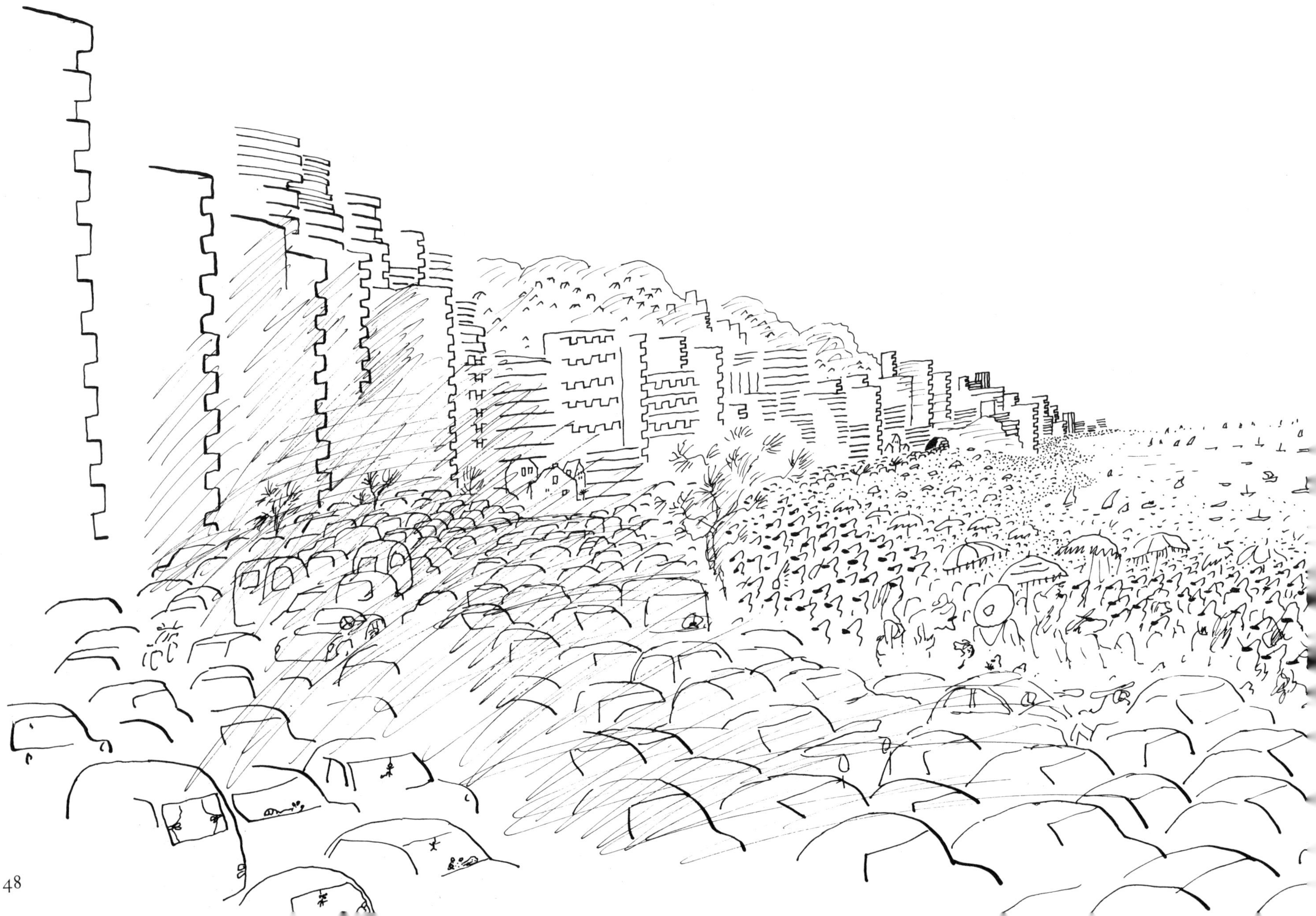

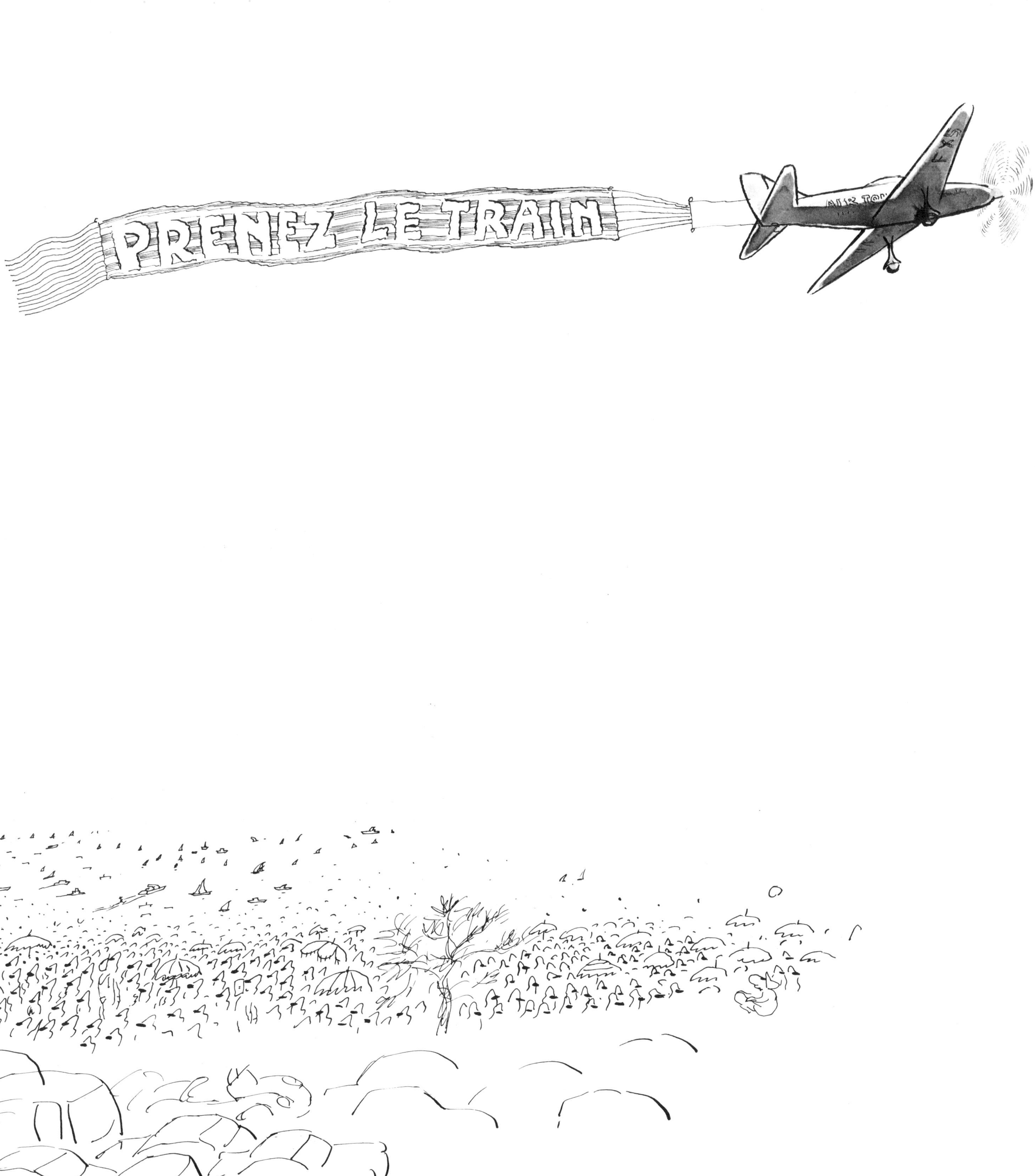
PRENEZ LE TRAIN

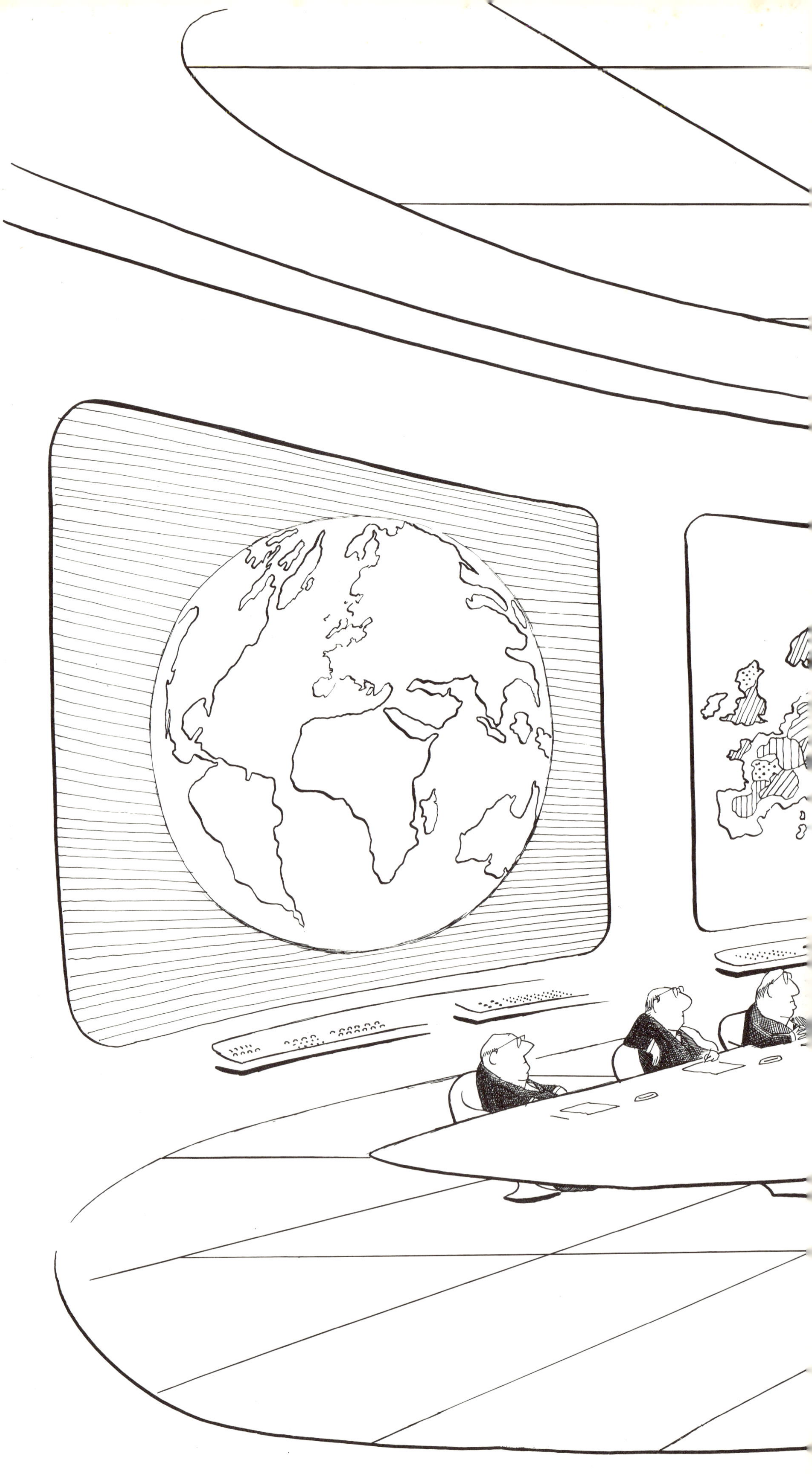

*Die genauen Ergebnisse: um das Jahr 2000 herum
brauchen wir 45% mehr Proteine, 59% mehr Kohlehydrate, 61% mehr Fette,
68% mehr geothermische Energie und 72% mehr Schnulzensänger...*

Mich beunruhigt, daß mir nach all den Befreiungen eine neue Blockierung droht: die meines Kontos...

Ich für meine Person hatte ein wirklich ideales Gesellschaftsmodell gefunden. Aber ich habe die Idee wieder aufgegeben: es gab da keinen Platz für mich.

WIR SIND ZUVIELE!

Er scheint zu überzeugen...

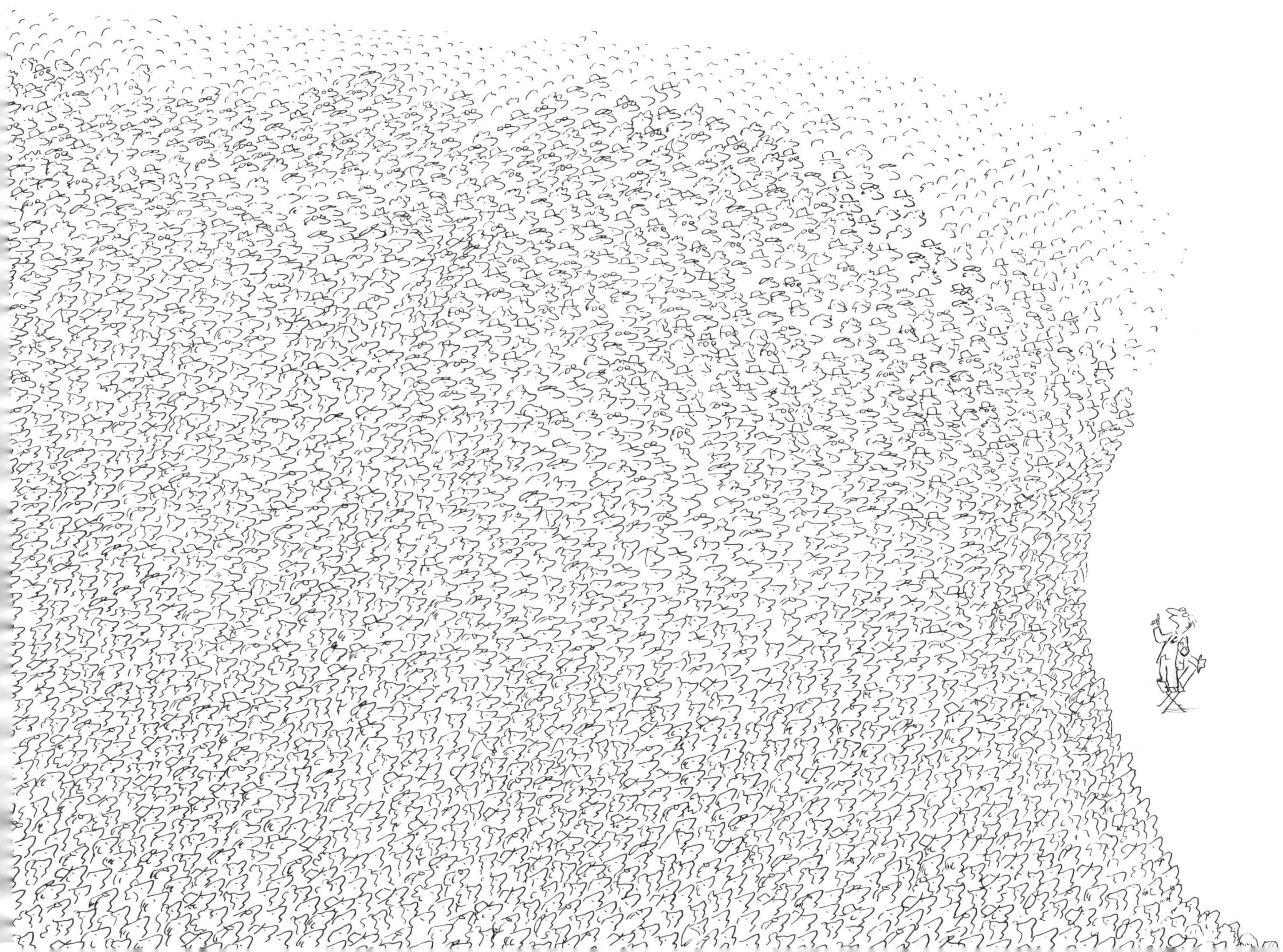

Komm! Sei kein Kind!

veal
DU
Paul BOUCHU
Paul BOUCHU
Paul BOUCHU
POUR UNE
REPU
MICHAVET
MICHAVET
YVES TABOUREUIL
POUR UNE
TOUT SUR
PIMENT VERT
LE VAINQUEUR

In einem bin ich jedenfalls sicher: ich werde meine Epoche wirklich durch meine Bedeutungslosigkeit geprägt haben...

1

2

4

3

5

6

→

7

8

9

10

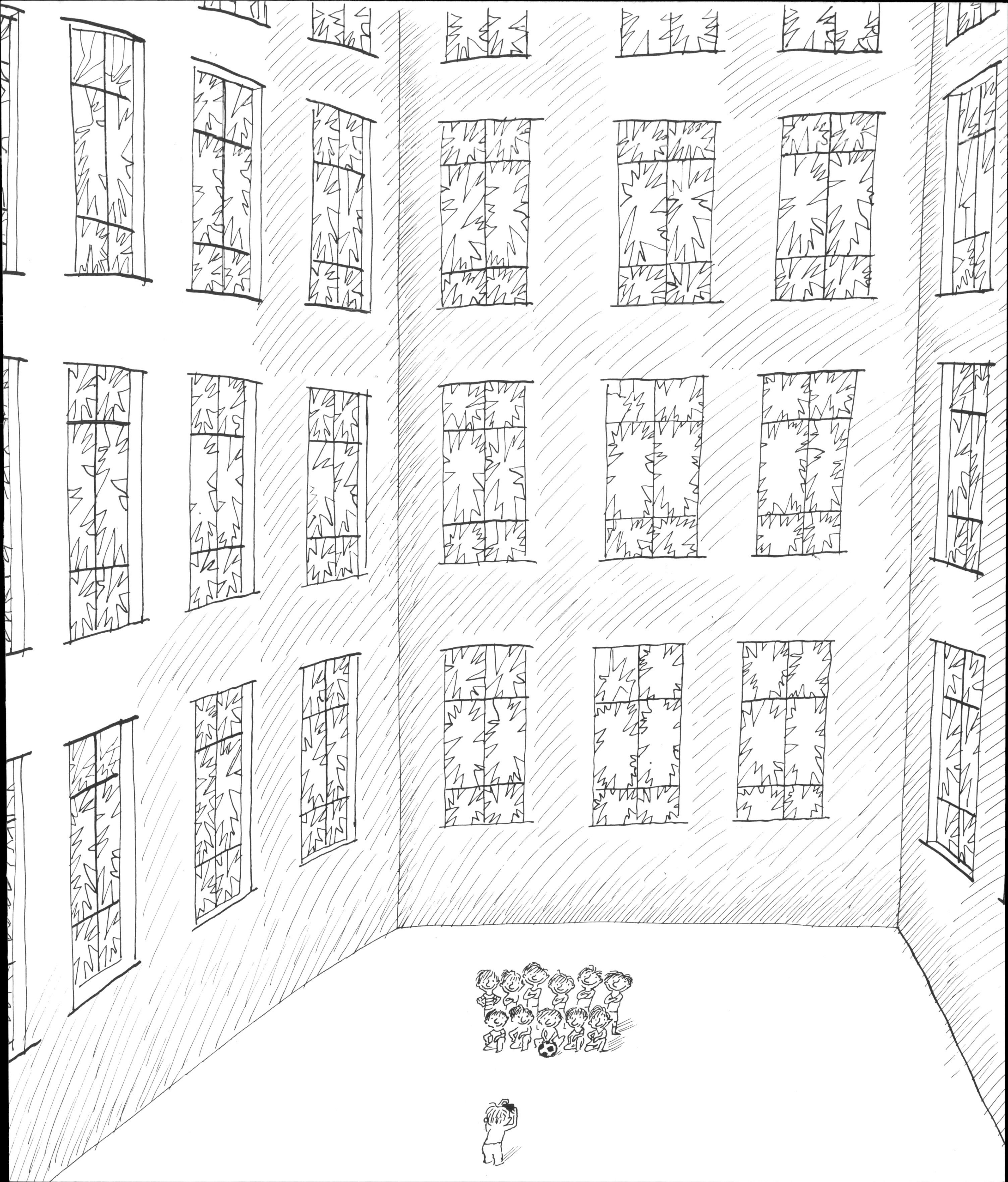

Der Preisanstieg, das Problem Obst und Gemüse, nun, Sie werden entschuldigen, ich mußte kurz darüber sprechen... Aber lassen Sie uns nun zum zweiten Anliegen unserer ›konzertierten Aktion‹ kommen: zu der Suche, die uns so sehr am Herzen liegt, zu unserer Suche nach einer neuen Spiritualität...

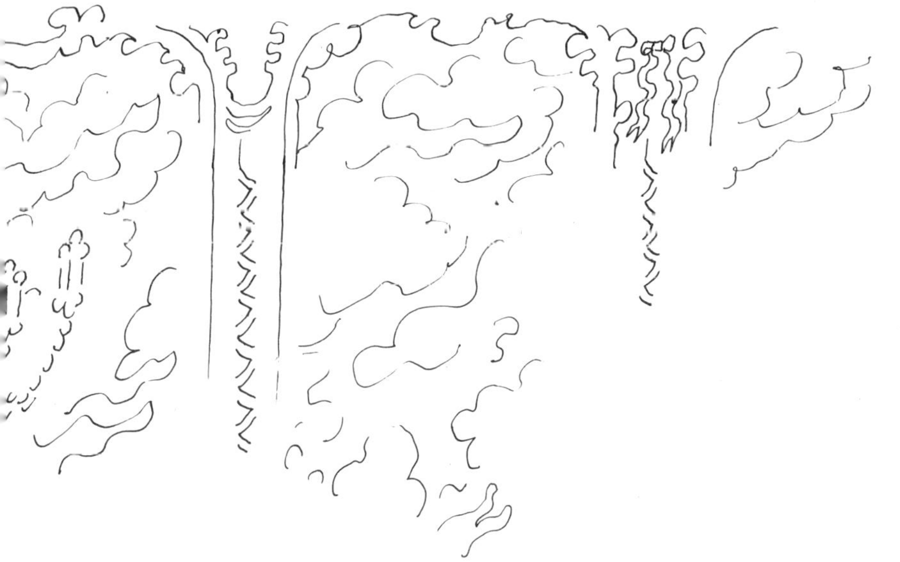

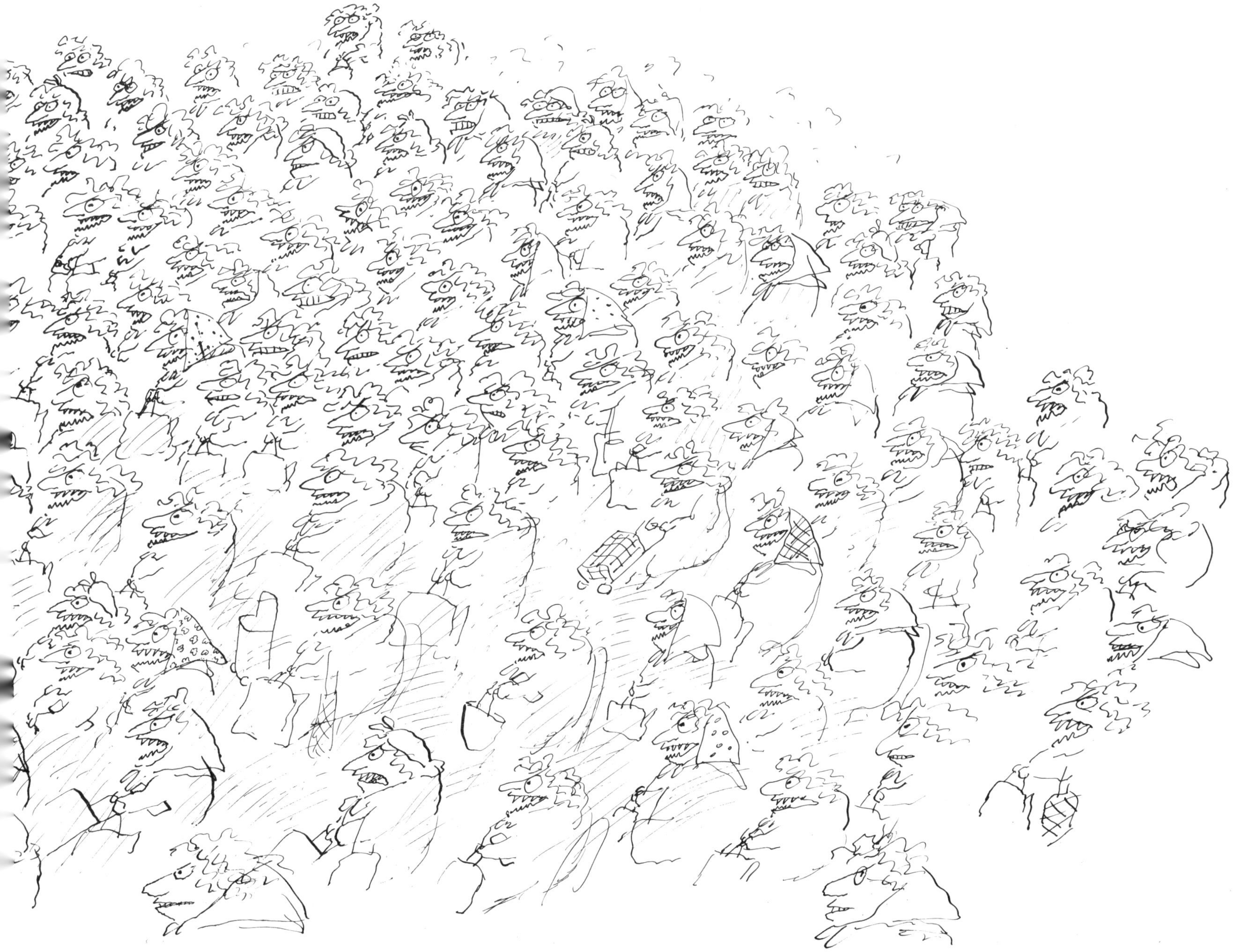

Seit siebzehn Jahren streiten wir uns nun, Jean, und nie sprechen wir miteinander.

Und gleich, nach unserer Unterhaltung, wirst du merken, Gerhard, daß wir eigentlich das Gleiche meinen.

Es ändert sich eben nichts von heut auf morgen…

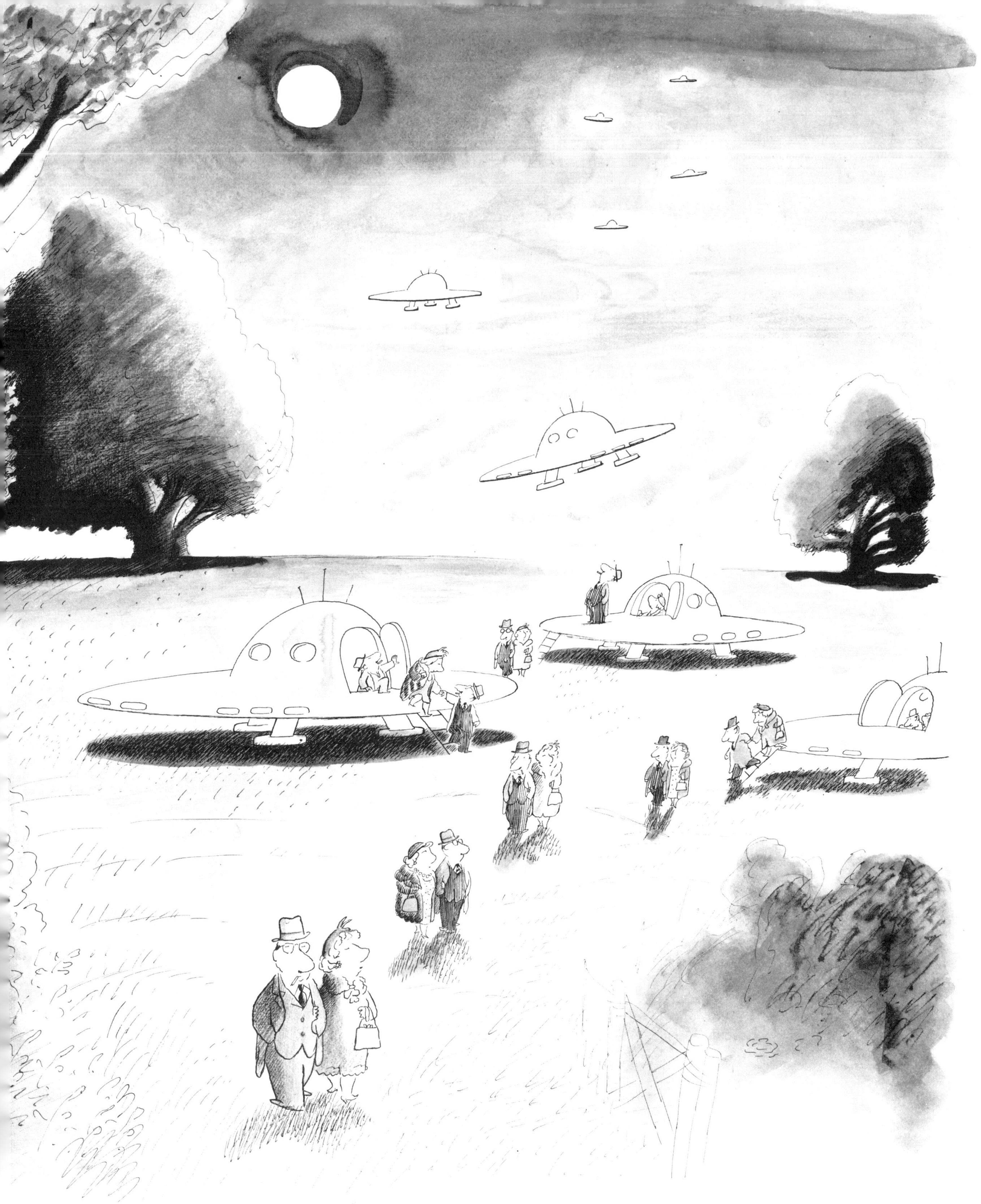

Mit dir kann man nicht diskutieren, Roland.

Entschuldigen Sie die Störung. Wenn Sie gestatten, komme ich nicht mehr, denn ... es ist mir sehr peinlich zu sagen ... aber ich empfinde überhaupt kein Schuldgefühl mehr ...

82

Siehst du, meine arme Therese, ich will es dir einmal sagen. Das Schlüsselwort zu alldem heißt: Har-mo-nie. Denn Harmonie waltet in den Beziehungen zwischen den Dingen wie in den Beziehungen zwischen den Lebewesen.

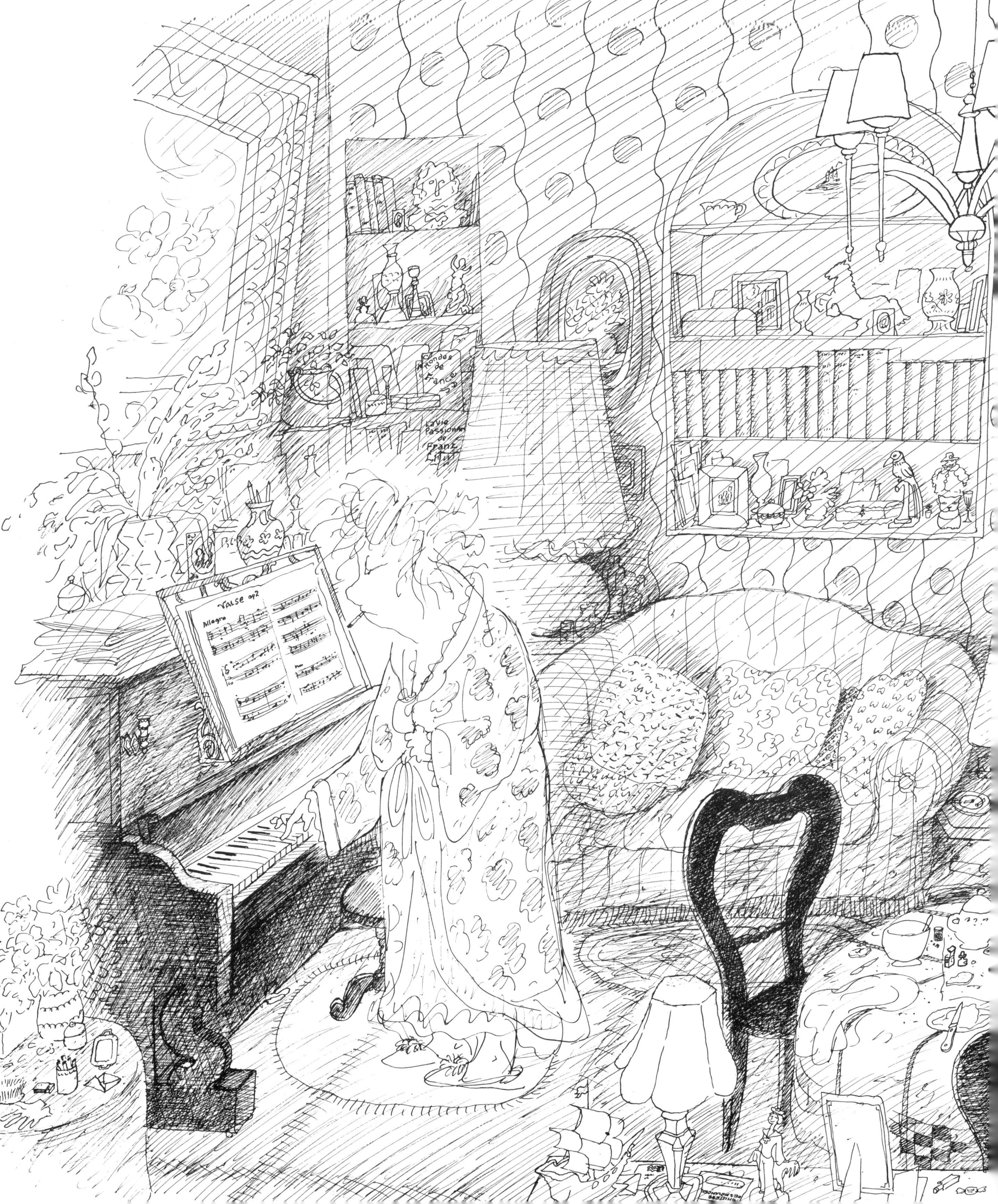
VALSE op2
Allegro
Rondes de France
La vie
de
Franz

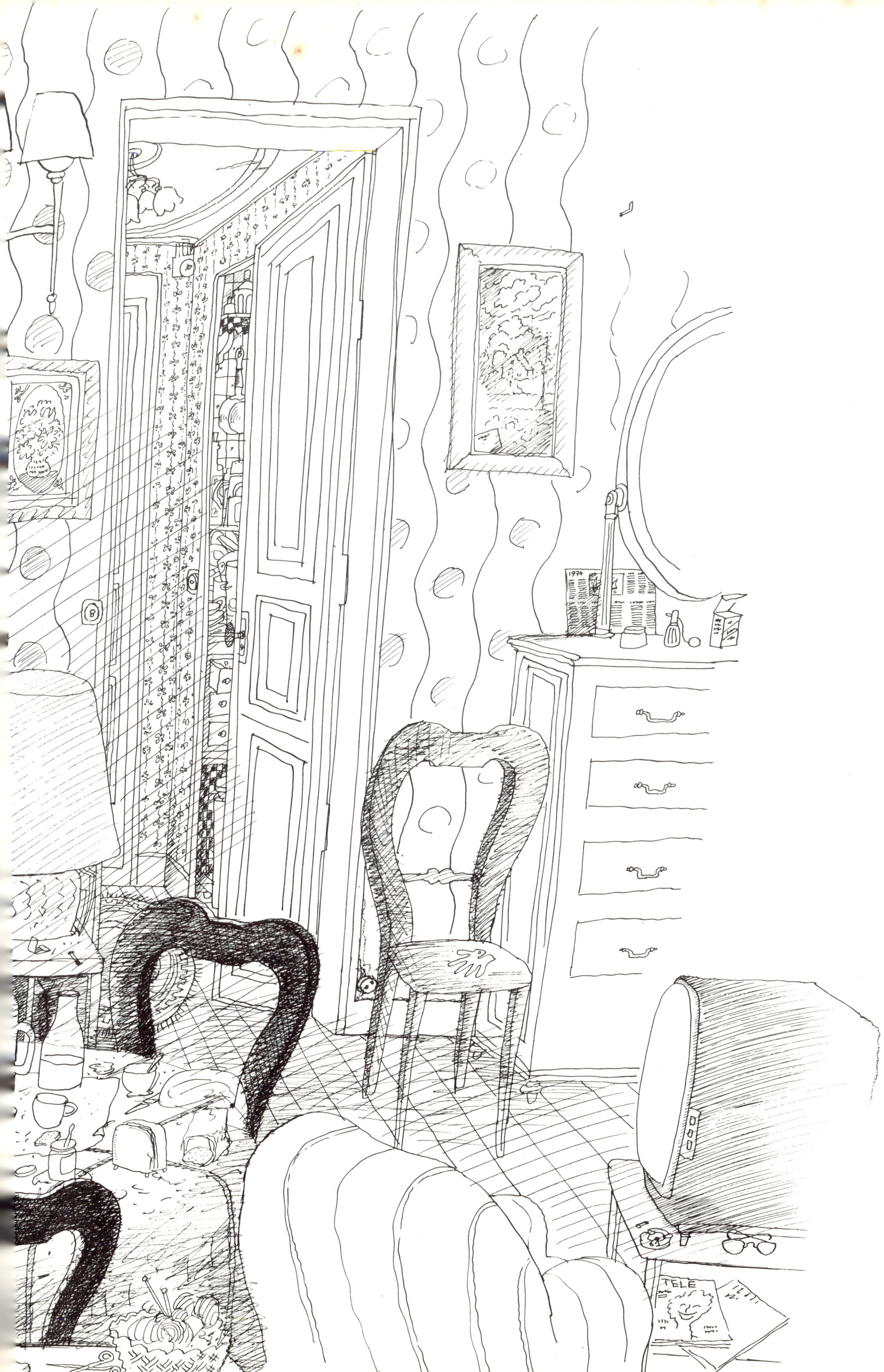
1974
TELE

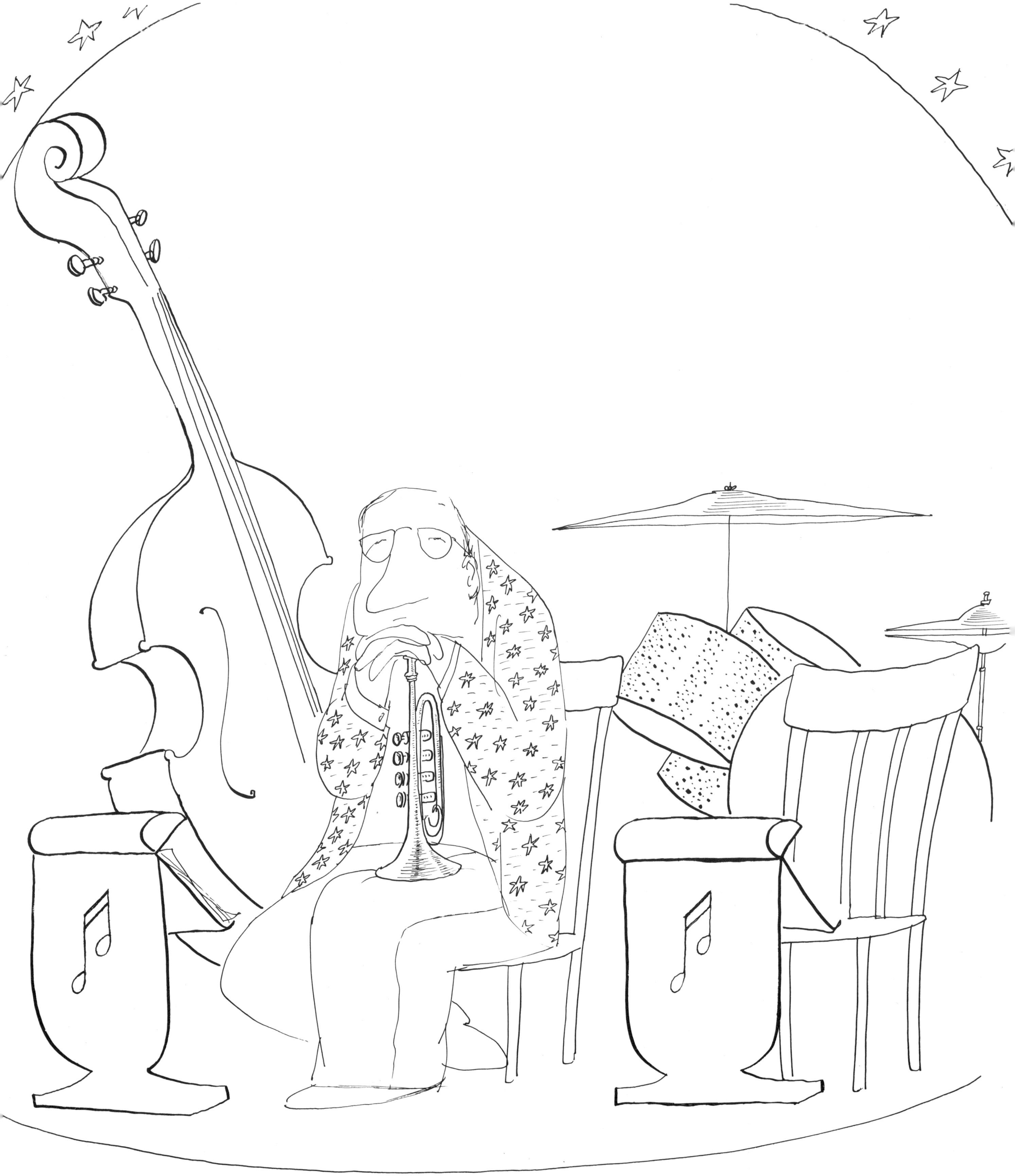

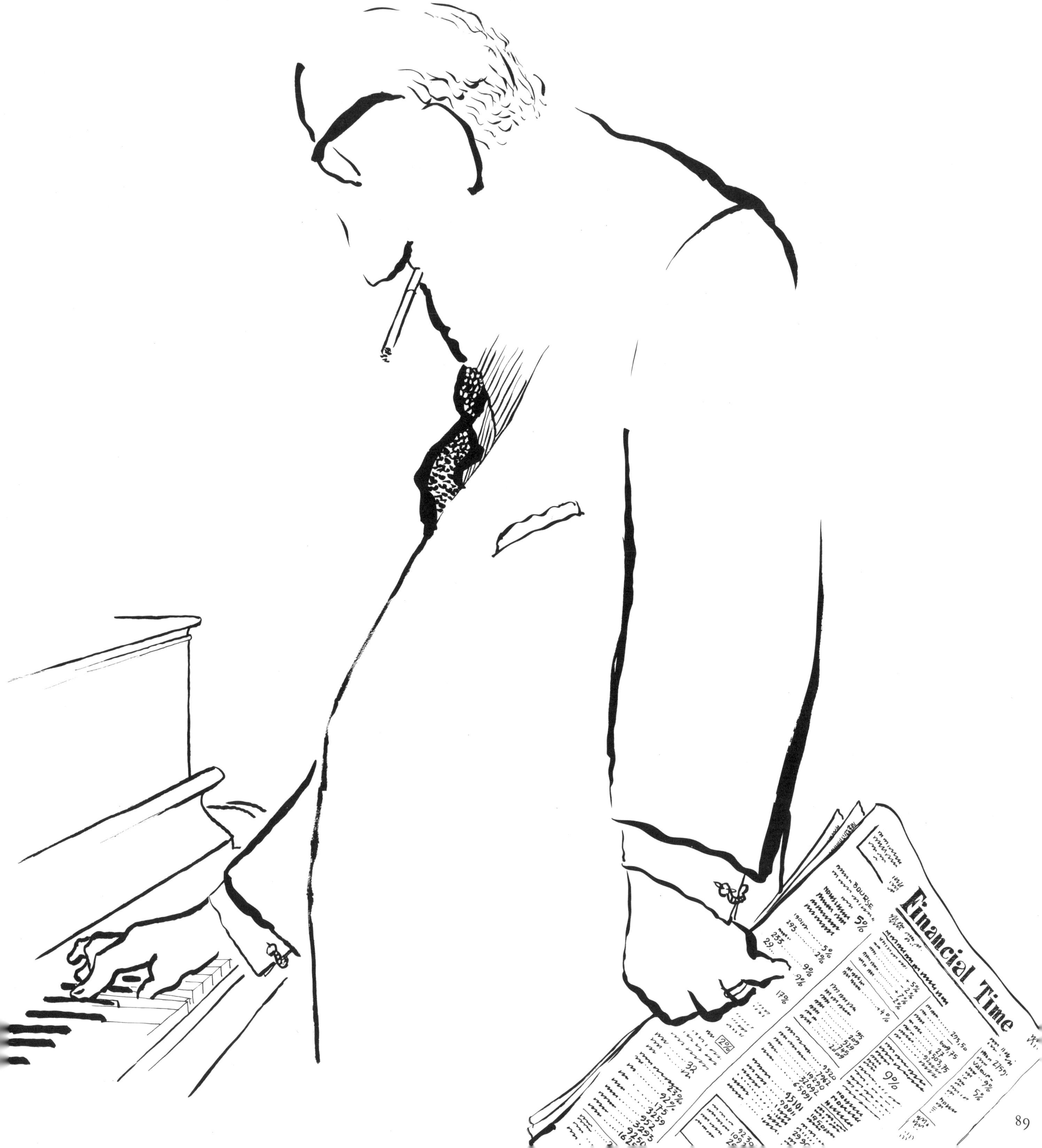
Financial Time

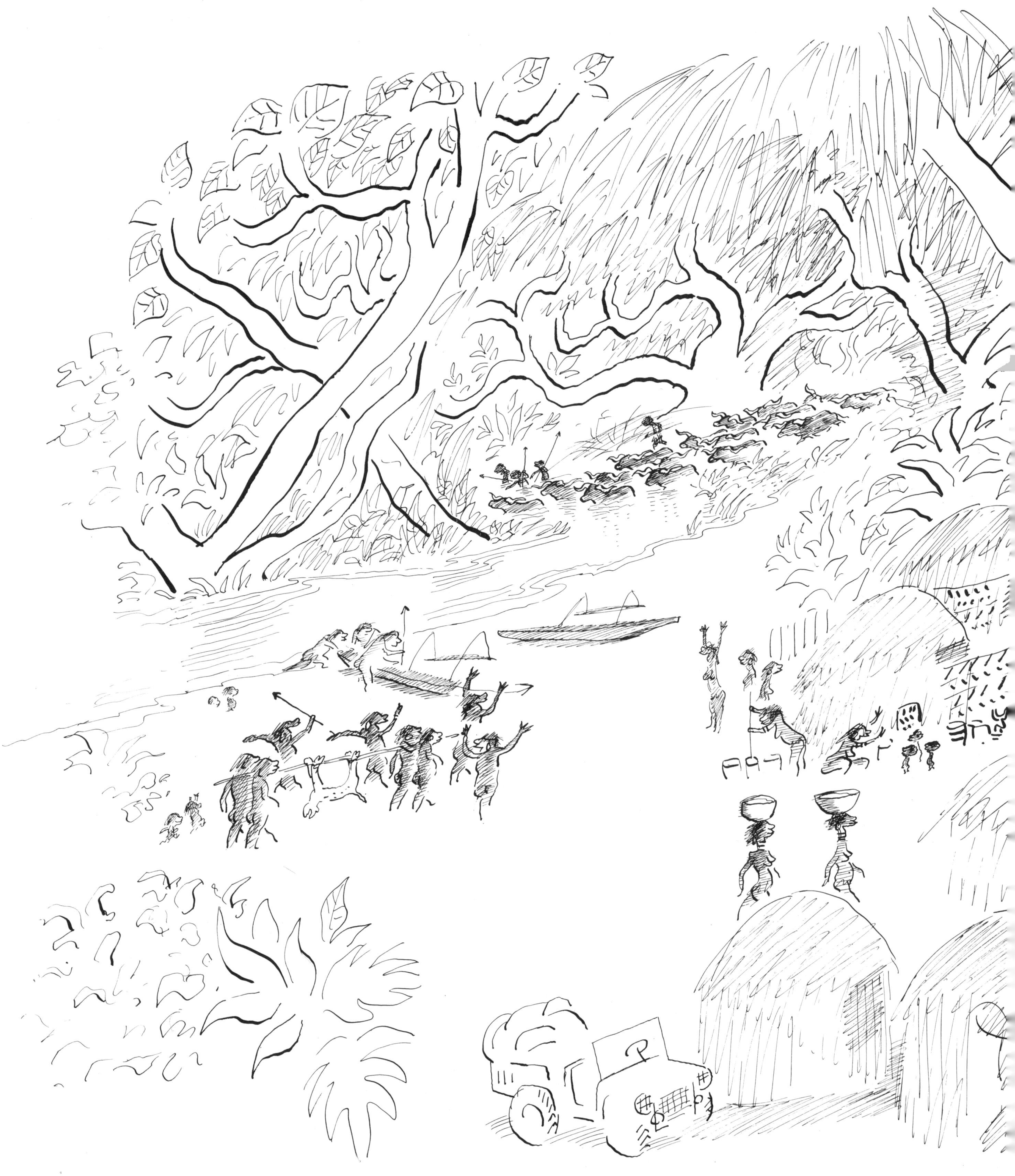

Sie sagen, die Ethnologen hätten alle dieselbe Frage, aber es gäbe bei ihnen kein Sexualproblem: er hätte schon lang ein Auge auf Marounia geworfen, aber nicht gewußt, wie sich zu erklären. Und dann, eines Abends, beim Ball, hätte das Orchester angefangen, zärtlich ›Strangers in the Night‹ zu spielen...

CAFE
CAFO
le meilleur !
1974
12
1er etage
droite
Heideger
QUESTION III
LAING
the divided self
YUNG
ESSAI D'EXPLORATION
DE L'INCONSCIENT
CRITIQUE DE LA RAISON PURE
Le Paris

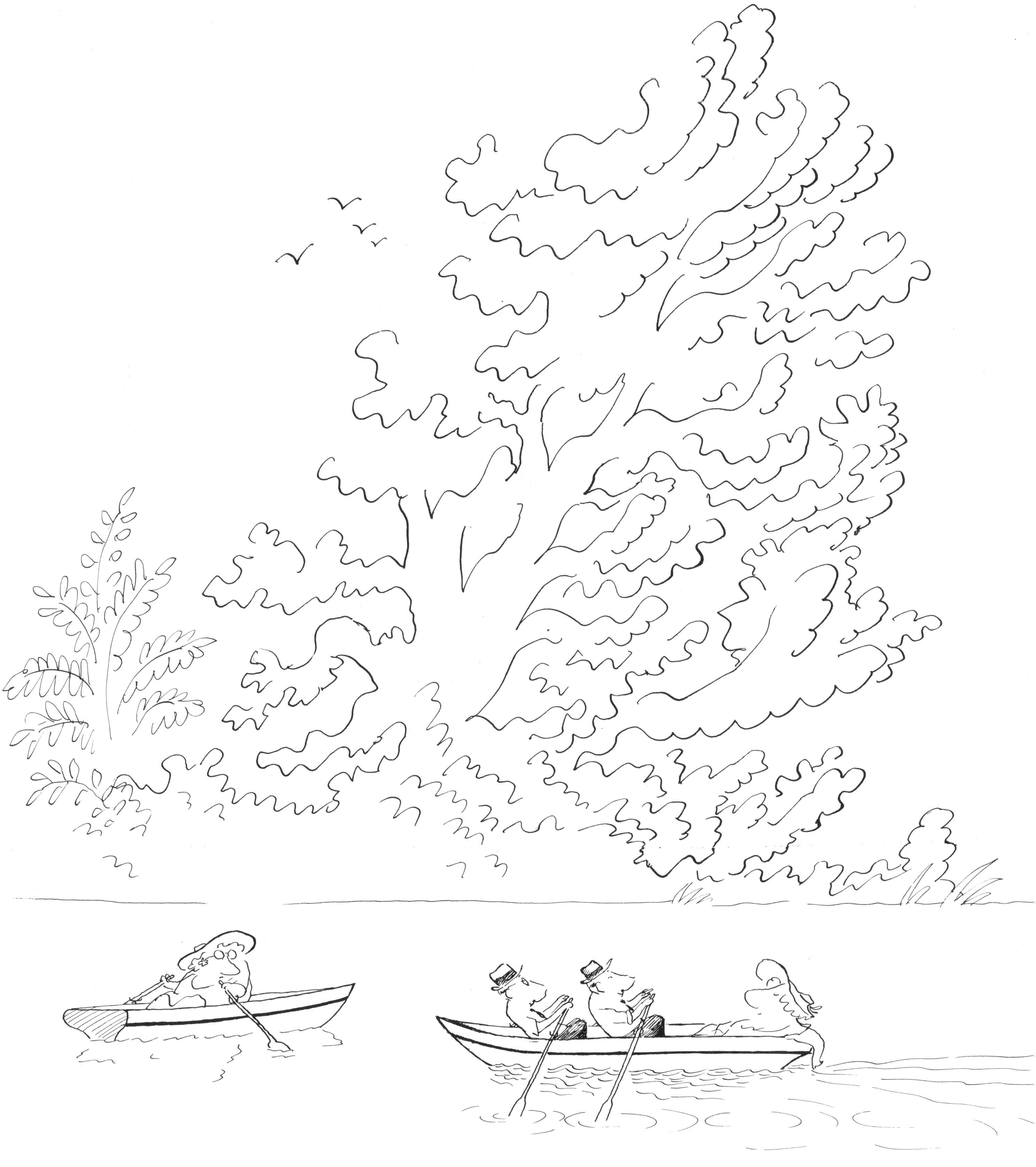

ALLEZ FRANCE
3 A 0
TRIBUNES
EFG
TRIBUNES
HJL
VIRAGES
B1
B2
ALLEZ LES BLEUS

In solchen Situationen habe ich immer die größte Angst, daß ich die Frau meines Lebens treffe, und die geht genau in die entgegengesetzte Richtung…

Ich bin sehr, sehr glücklich. Aber jetzt tut einmal Besinnung not.

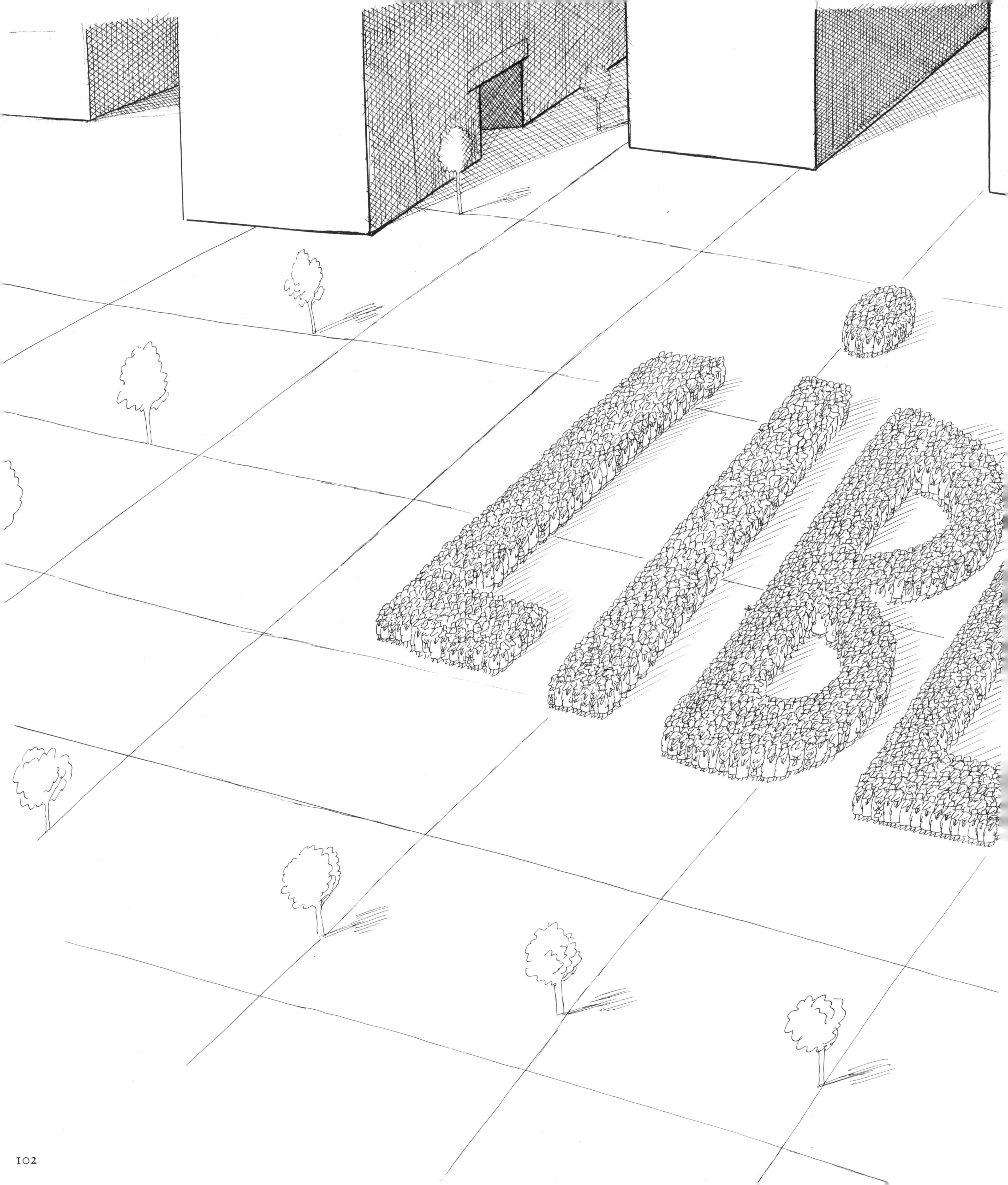

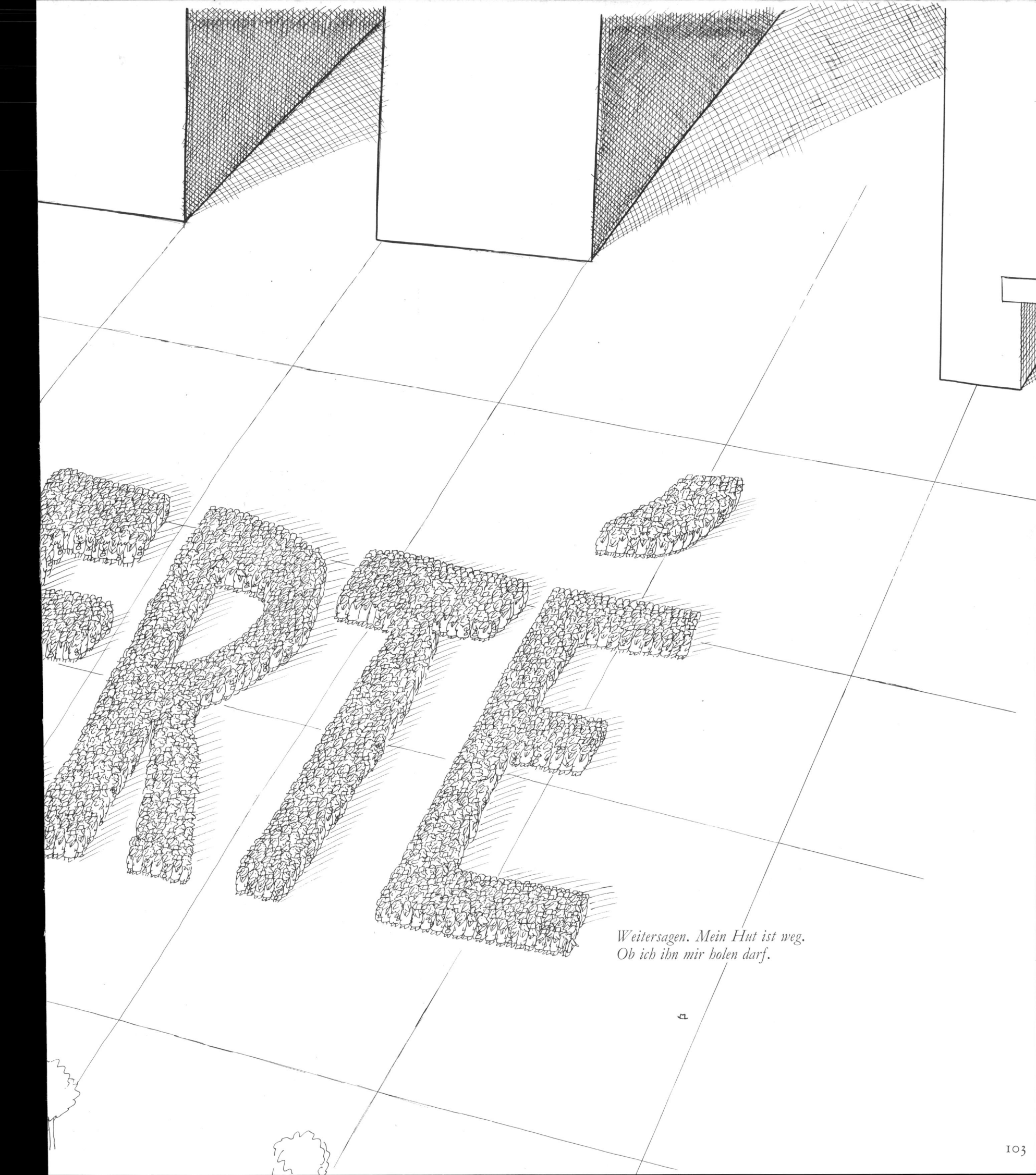

Weitersagen. Mein Hut ist weg.
Ob ich ihn mir holen darf.

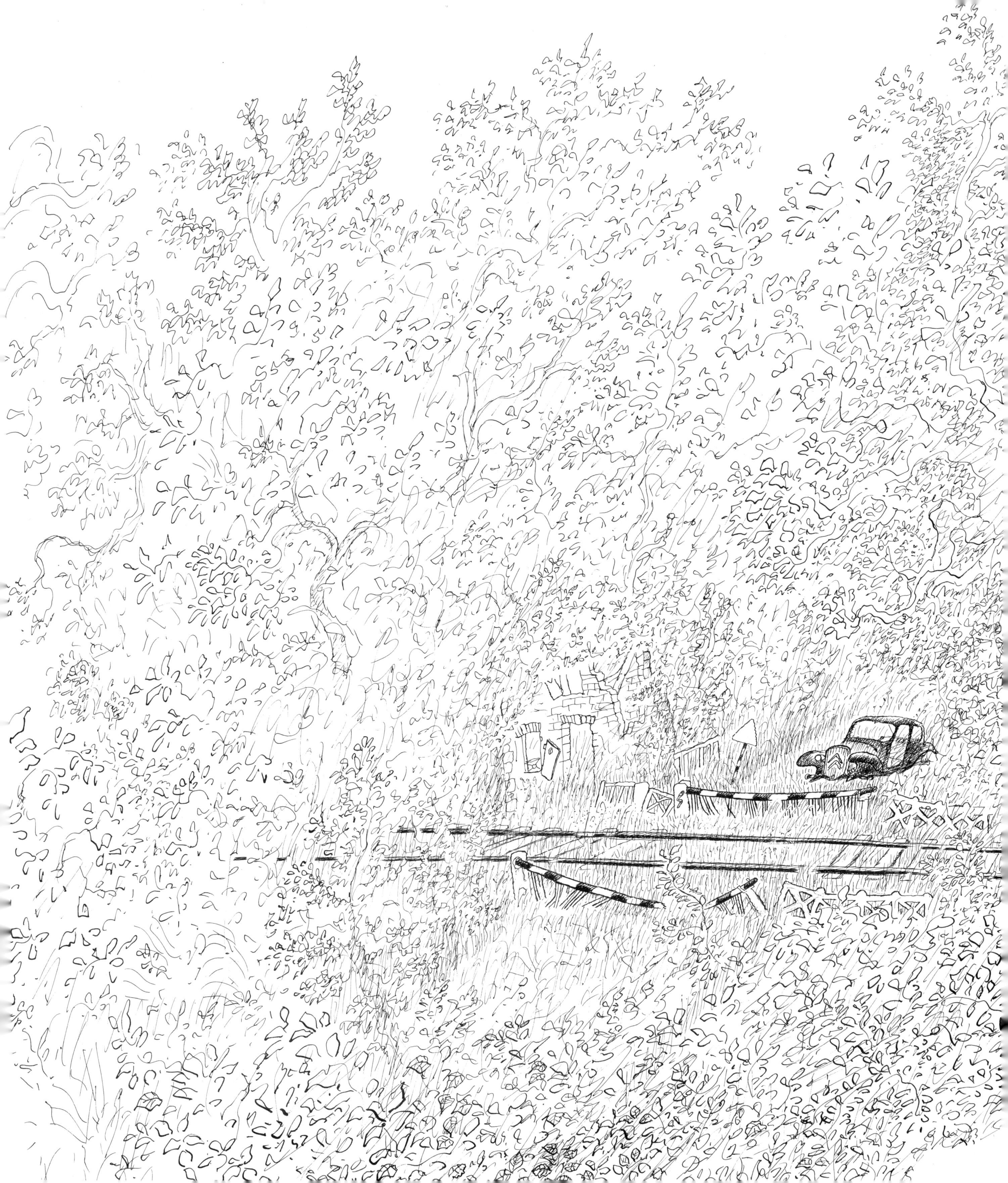

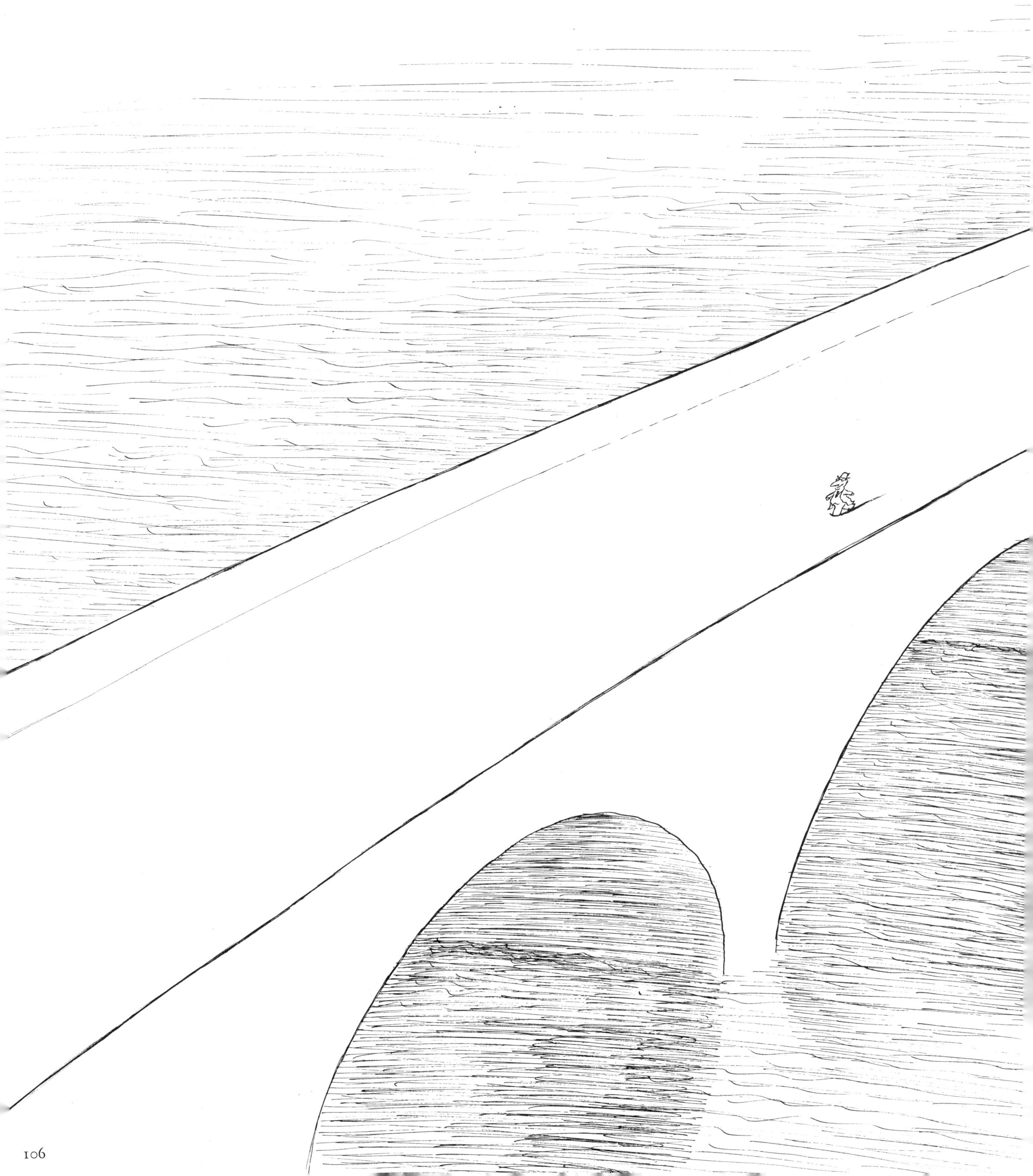

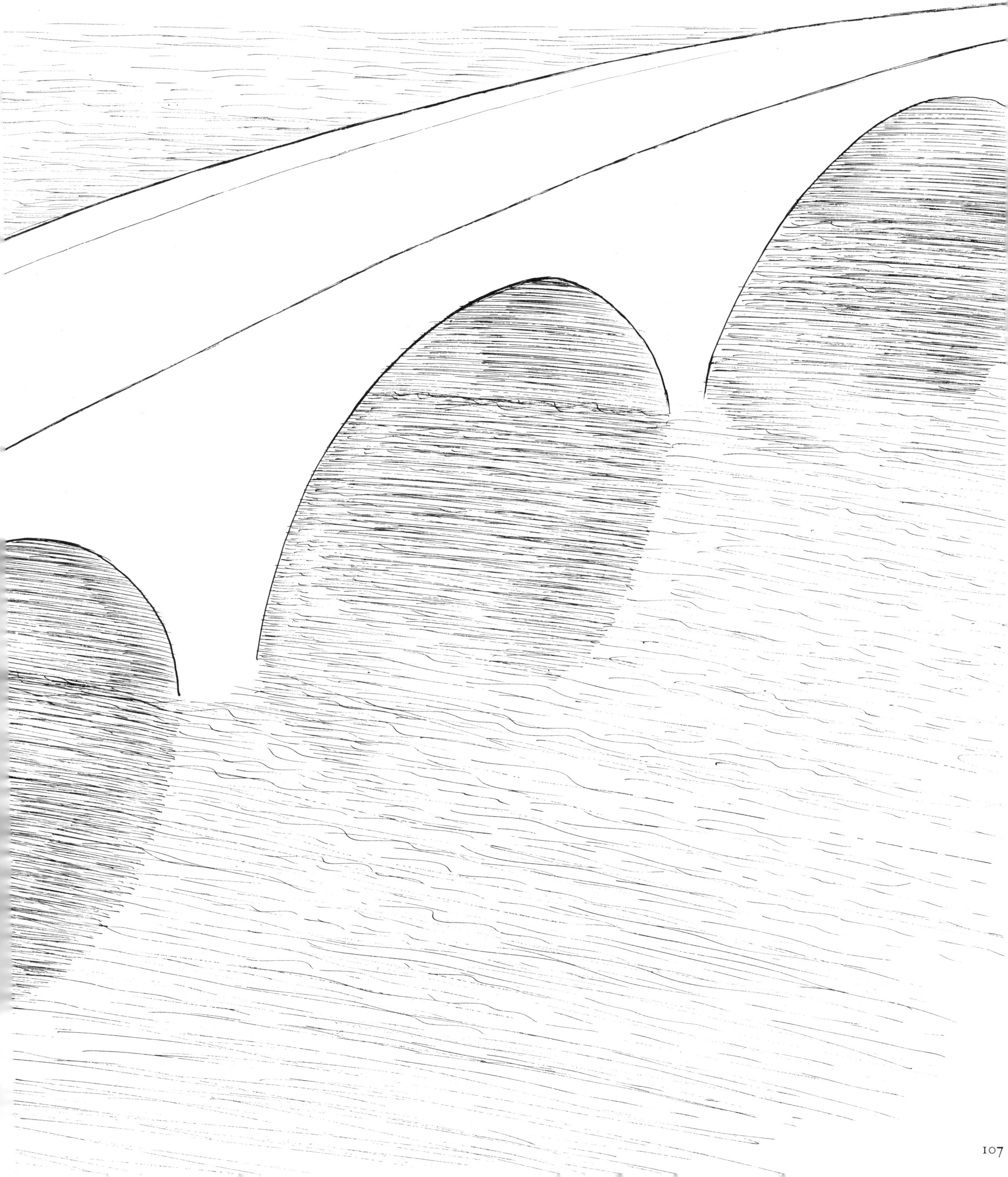

TITEL DER ORIGINALAUSGABE ›BONJOUR BONSOIR‹
COPYRIGHT © 1974 BY SEMPÉ – EDITIONS DENOËL
ÜBERSETZUNG DER BILDLEGENDEN VON
CLAUDIA SCHMÖLDERS

48. WERK IM ›CLUB DER BIBLIOMANEN‹

ALLE DEUTSCHEN RECHTE VORBEHALTEN
COPYRIGHT © 1976 BY
DIOGENES VERLAG AG ZÜRICH
60/76/AT-EI/1
ISBN 3 257 00466 4

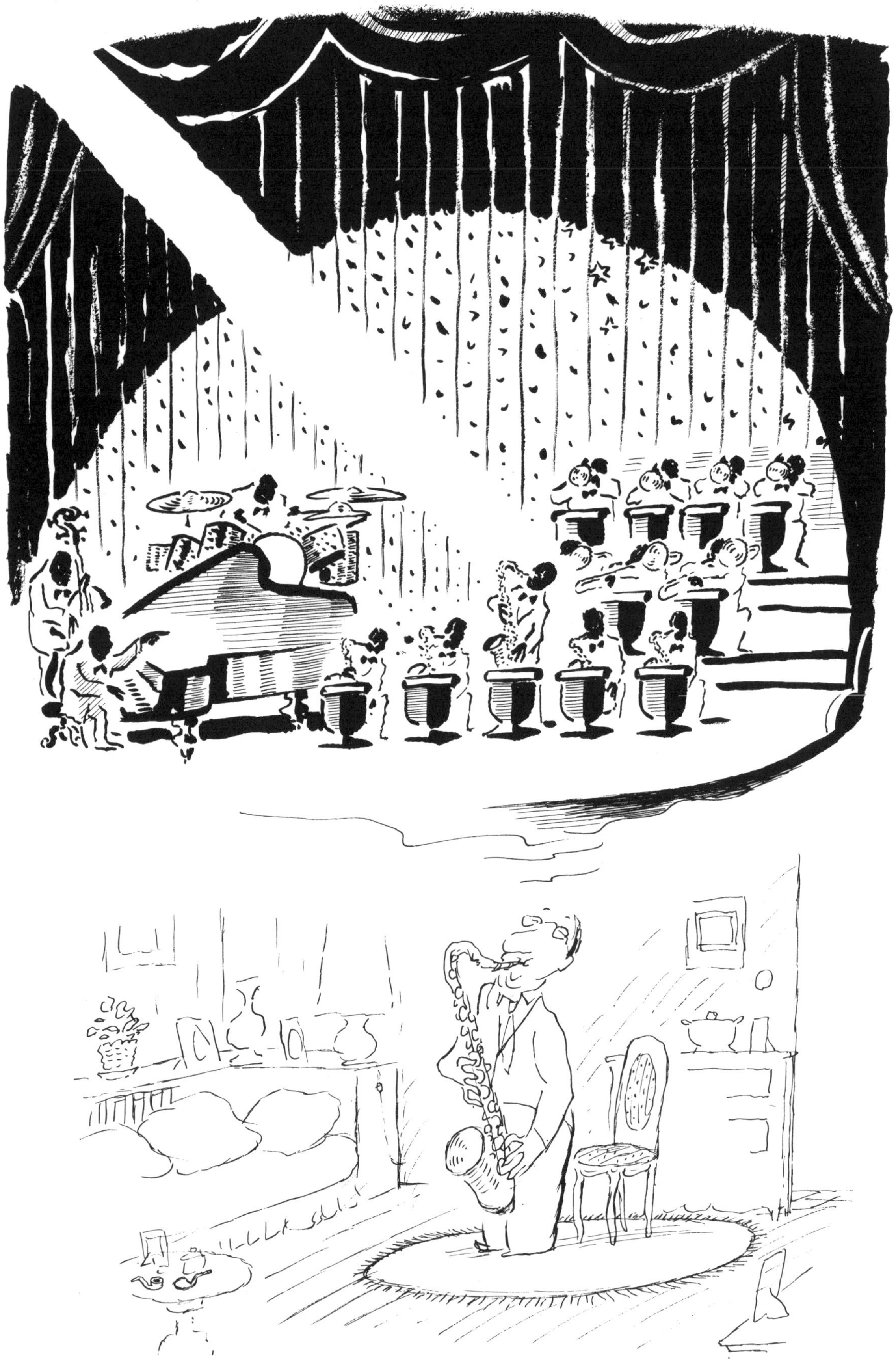

Sempé
im Diogenes Verlag

Unsere schöne Welt
Ein großer Grafik-Sonderband

Nichts ist einfach
10. Werk im ›Club der Bibliomanen‹

St-Tropez
19. Werk im ›Club der Bibliomanen‹

Carlino Caramel
29. Werk im ›Club der Bibliomanen‹

Von den Höhen und Tiefen
33. Werk im ›Club der Bibliomanen‹

Monsieur Lambert
oder Wie einem das Leben so mitspielt
36. Werk im ›Club der Bibliomanen‹

Alles wird komplizierter
39. Werk im ›Club der Bibliomanen‹

Sempé's Konsumgesellschaft
Diogenes Taschenbuch 39

Volltreffer
Diogenes Taschenbuch 84

Wie sag ich's meinen Kindern?
Bibliothek für Lebenskünstler

Wie verführe ich die Frauen?
Bibliothek für Lebenskünstler

Wie verführe ich die Männer?
Bibliothek für Lebenskünstler

Gute Fahrt!
Bibliothek für Lebenskünstler

Der Lebenskünstler
Bibliothek für Lebenskünstler

Sempé/Goscinny

Der kleine Nick
Diogenes Kinder Klassiker

Der kleine Nick und seine Bande
Diogenes Kinder Klassiker

Der kleine Nick und die Schule
Diogenes Kinder Klassiker

Der kleine Nick und die Ferien
Diogenes Kinder Klassiker

B

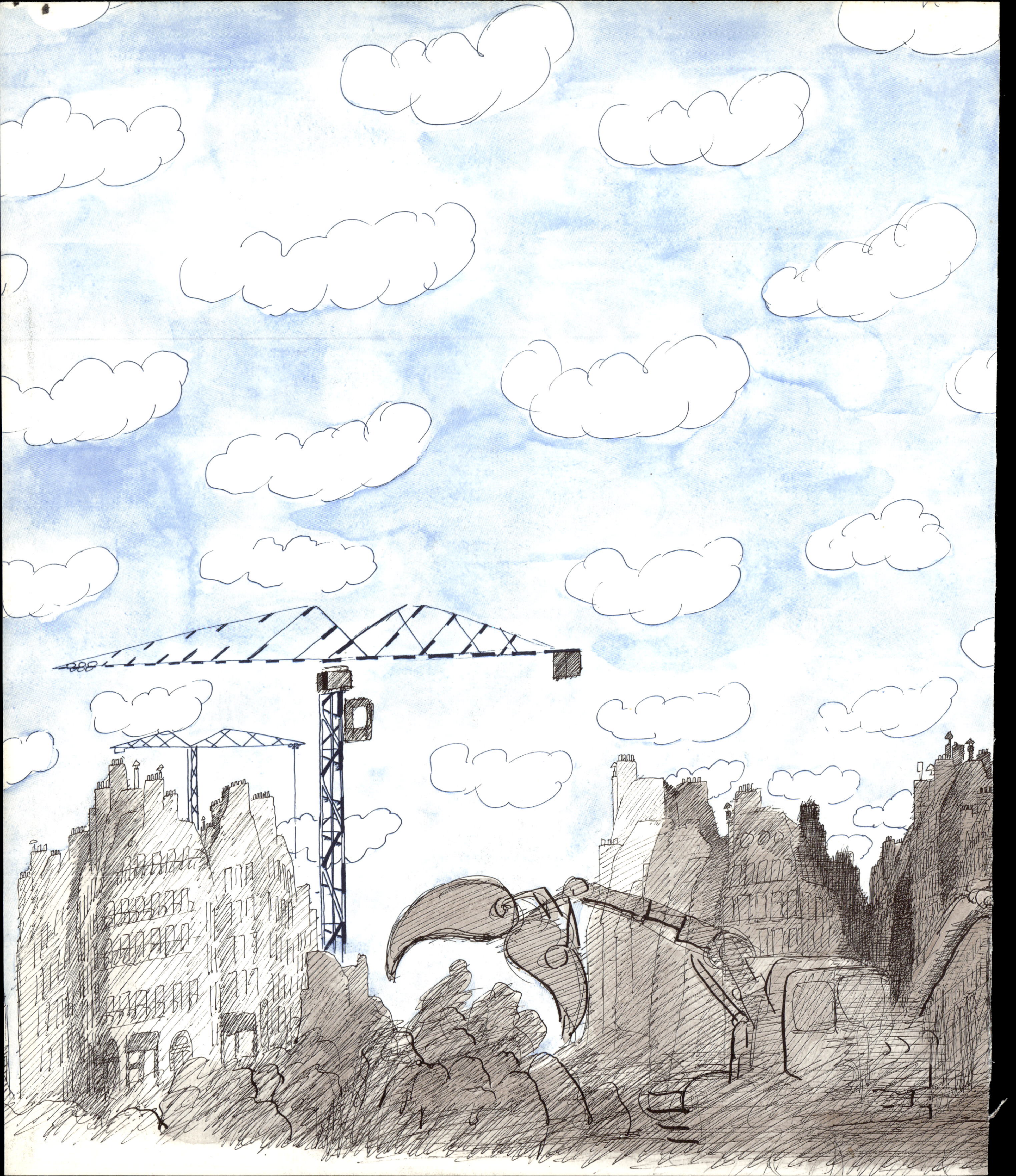